サウサンプトン
パリ
西
洋
バルセロナ
アビラ
マドリード
ナザレ
ロカ岬
リスボン
ジブラルタル
マヨルカ島
イビサ島
地

ハリネズミ・チコ　空とぶ船《ふね》の旅《たび》1

# フライパン号《ごう》でナポレオンの島《しま》へ

山下明生・作　高畠那生・絵

理論社

## 空とぶ船《ふね》の旅《たび》 1 フライパン号《ごう》でナポレオンの島《しま》へ

# おもな登《とう》場《じょう》人《じん》物《ぶつ》

**ハリネズミ・チコ**

ポルトガルのナザレを
飛《と》び出してきた、
冒険《ぼうけん》ずきの男の子。
このお話《はなし》の主人公《しゅじんこう》。

**ハリネズミ・チカ**

チコの妹《いもうと》。ナザレの住《す》みかで
お兄《にい》ちゃんの帰《かえ》りを待《ま》っている。

**ヌートリアのヌー**

港《みなと》のあたりをうろつく流《なが》れ者《もの》。
金属探知機《きんぞくたんちき》でコインを
拾《ひろ》い集《あつ》めるのが仕事《しごと》。

**旅《たび》ネズミのマルコ・ポーロ**

人間《にんげん》のマルコ・ポーロにあこがれて、
旅《たび》をつづける年寄《としよ》りネズミ。

**コックのゴッツァン**

カメの食事係《しょくじがか》り。下っぱの太《ふと》っちょ。

**カメのナポレオン**

二百歳《ひゃくさい》の高貴《こうき》なホウシャガメ。こうらに
将軍《しょうぐん》ナポレオンのサインがある。

**キツツキのペッカー**

くちばしが自慢《じまん》。
かたい帆柱《ほばしら》に挑戦《ちょうせん》する。

**赤ひげ船長《せんちょう》と**
**ひょろひょろボースン**

フライパン号《ごう》の船長《せんちょう》と
船員《せんいん》。

ポルトガル　ナザレ村、
ハリネズミ・チカへ

はーい、チカ。お兄《にい》ちゃんは今《いま》、スペインの
バルセロナにいるんだ。
ポルトガルのリスボンから
豪華客船《ごうかきゃくせん》ジャカスカ号にのって、
ごきげんでここまできたよ。
旅《たび》ネズミのマルコ・ポーロといっしょにね。
マルコの話《はなし》だと、
こんどは空《そら》とぶ船《ふね》をハシゴするんだって。

つまり、いろんな帆船《はんせん》を乗《の》りついで、
アドリア海《かい》のコルチュラ島《とう》まで行くってのが、
ぼくたちの計画《けいかく》だよ。
ニンゲンのマルコ・ポーロが生《う》まれたところさ。
とにかくぼくは、めっちゃ元気《げんき》だから心配《しんぱい》しないで。
あ、カラスのモノイイにも、よろしくいっといて。
きみも元気《げんき》で、おいしいミミズをいっぱいたべてね。

お兄《にい》ちゃんのハリネズミ・チコより

ついしん

これから、スペインのごちそう、パエリャを食《た》べにいくよ。
カタツムリ入《い》りの炊《た》き込《こ》みごはんだって！

# 第《だい》1章《しょう》
# バルセロナの港《みなと》で

## まずは腹《はら》ごしらえ

「さー、ハシゴだ、ハシゴだ。帆船《はんせん》のハシゴだ!」

旅《たび》ネズミのマルコ・ポーロが、声《こえ》をはりあげます。

「え? ハシゴにのぼるの?」

ハリネズミ・チコが、聞《き》きかえします。自分《じぶん》はいつも聞《き》き役《やく》だな、と思《おも》いながら。

「ミンゲンの酒《さけ》のみが、つぎからつぎへとお店《みせ》にあがるのを、ハシゴするっていうだろう。それとおなじで、港《みなと》みなとでつぎつぎに船《ふね》を乗《の》りついで、コルチュラ島《とう》まで行《い》くってのが、わしのハシゴさ。わかったかい」

歩《ある》きながら、マルコがいいます。

「うん、わかった。で、まずはどの船《ふね》をやっつける? やっぱり、あの五本マストのやつ?」

「そ。あれに乗《の》りたいけど、どこにいく予定《よてい》か、情報《じょうほう》を集《あつ》めなきゃあな。それよりも、まずは腹《はら》ごしらえだ」

マルコが足をとめて、港《みなと》をながめやりました。

バルセロナの大きな港《みなと》には、数《かぞ》えきれないほどの船《ふね》がやすんでいます。

長《なが》い堤防《ていぼう》にも、三隻《せき》の大型客船《おおがたきゃくせん》がならんでいます。そのひとつは、チコたちがお世話《せわ》になった豪華客船《ごうかきゃくせん》ジャカスカ号《ごう》です。たぶん、今夜《こんや》のうちにここをはなれて、予定通《よていどお》りフランスのマルセイユに向《む》かうことでしょう。

その奥《おく》のほうには、ヨットのたまり場《ば》があります。

チコたちが目指《めざ》す五本マストの帆船《はんせん》は、そちらの岸壁《がんぺき》に、どうどうと横《よこ》づけしています。船尾《せんび》には、スターライトという船名《せんめい》が出ています。

そのすぐ後《うし》ろに、三本マストの黒《くろ》い船《ふね》が、まるでイヌが相手《あいて》のお尻《しり》をかぐようなかっこうで、とがった船首《せんしゅ》をさしだしています。

そして、そばの岸壁《がんぺき》では、キリンのように首《くび》の長《なが》い移動《いどう》クレーンが、つぎ

RLIGHT

の仕事《しごと》を待《ま》ちうけています。

「これから、積荷《つみに》がはじまるようだな。出港《しゅっこう》までには、まだ間《ま》がありそうだ。情報《じょうほう》あつめをかねて、食堂街《しょくどうがい》にまわってみるか」

マルコはひとりごとのようにいい、道《みち》を左手におれました。路地《ろじ》をぬけると白い砂浜《すなはま》があらわれ、岸《きし》にそってレストランがならんでいます。

「ほらね、見どりよりどりだ。ちょっくら、ランチをゲットしてくるから、ここで日向《ひなた》ぼっこでもしながら、待《ま》っててておくれ」

砂浜《すなはま》におりたところで、マルコが木のベンチを指《ゆび》さしました。

「ゲットって、食《た》べ物《もの》を？　ぼくは、行《い》かなくってもいいの？」

「ああ。ひとりのほうがやりやすい。それより、このポシェットに戦利品《せんりひん》をいれてくるから、中身《なかみ》をあずかっといてよ。そうだ、紙《かみ》もペンもあるから、手紙《てがみ》なんか書《か》いてみたら」

マルコはそういうと、ベンチの上にポシェットの中身《なかみ》をこぼしました。

それでチコは、マルコのゲットを待《ま》ちながら、妹《いもうと》のチカに手紙《てがみ》を書《か》いていた、というわけ。

＊

「ラッキー、ラッキー！」

さけびながら、マルコがかけもどってきました。

「バルセロナのスペシャリティだ。名物料理《めいぶつりょうり》だ。最高《さいこう》のパエリャだ！」

ぎちぎちにふくらんだポシェットを、チコの目《め》の前《まえ》におろしました。

「スペシャリティ？　名物料理《めいぶつりょうり》？　パエリャ？」

チコはまた、オウムがえしにたずねます。

「そうとも、スペシャリティ。すなわち、名物料理《めいぶつりょうり》のパエリャ。カタツムリとウサギがたっぷりはいった豪勢《ごうせい》なやつだ」

カタツムリはうれしいけど、ウサギはちょっとな。

そう思《おも》ったチコでしたが、ジャカスカ号《ごう》でいっしょだったノウサギ・アララは、もういないことだし、ありがたくスペシャリティというのを、いただくことにしました。

マルコがポシェットから、うやうやしくパエリャのつつみを取《と》り出《だ》します。黄金色《こがねいろ》にかがやく、炊《た》き込《こ》みごはんです。

オリーブ油《ゆ》でいためたカタツムリの、おいしいこと！　ウサギの肉《にく》も、もうしわけないけどわるくない。サフランの香《かお》りが鼻《はな》をつきぬけ、ナザレの丘《おか》の花畑《はなばたけ》が目にうかびます。妹《いもうと》のチカだったら、なんというでしょうか。

あまりのおいしさに涙《なみだ》ぐんでいるチコを見て、

「どうだ、生まれてはじめてだろう、こんなの」

と、マルコは得意顔《とくいがお》です。

「うーん、ほっぺたが落《お》ちそう！」

返事《へんじ》するのももどかしく、チコはパエリャをほおばります。

「店《みせ》のうら口から出てくるのこりものが、いちばんおいしいんだ。ニンゲン

はぜいたくだから、すぐにすてたがるけど」

と、マルコは、鼻《はな》の穴《あな》をふくらませました。

＊

すずしい風《かぜ》が、ひろい砂浜《すなはま》を通《とお》りぬけます。

ぱんぱんのおなかをお日さまにあてながら、チコとマルコは、ベンチにからだをのばして昼寝《ひるね》です。

眠気《ねむけ》をさそうようなにぶいひびきが、チコの耳をくすぐります。

「お、やってるな。あれは、ビチコマのヌーだ」

マルコがまた、むずかしいことをいいだしました。

「ビチコマのヌーって？」

「いや。ビチコマってのは、ビーチのあたりでぶらぶらしている連中《れんちゅう》のことだけど、あそこのヌートリアのヌーさんは、このあたりじゃ有名《ゆうめい》なぶらぶら男《おとこ》なのさ」

「あれ、こっちに向《む》かってくる。なんか、棒《ぼう》みたいなもので、砂《すな》をかきまわしながら」

「金属探知機《きんぞくたんちき》だろう。あれで、砂《すな》にうもれているコインをさがしだすってわけさ。このあたりは海水浴場《かいすいよくじょう》だから、落《お》とし物《もの》も多《おお》いんだ」

「コインを？」

「ああ。ぶらぶらしながらできるから、ビチコマにはうってつけさ」

「コインあつめて、どうするの？」

「さあな。ニンゲンなら、自動販売機《じどうはんばいき》でジュースでも買《か》うんだろうけど」

「あ。探知機《たんちき》をとめた。こっちを見ている」

「うるさいやつだから、かかわりあわないほうがいいよ、あまり」

マルコがいったときには、もう目《め》の前《まえ》にヌーが立っていました。

「よお、おまえ」

「あ、しばらくです、ヌーさん」

マルコが、しぶしぶあいさつします。

## ビチコマのヌー

ヌートリアのヌーは、手に持《も》った金属棒《きんぞくぼう》を肩《かた》にかつぎ上げました。カワウソに似《に》た、大きな茶色《ちゃいろ》の動物《どうぶつ》です。目深《まぶか》にかぶった麦《むぎ》わら帽《ぼう》をあごひもでとめ、よごれたオレンジ色《いろ》のベスト。ちょっと見には小さなニンゲンみたいです。

「よお、そこのおまえ」

サングラスをはずしたヌーは、小さな目をシパシパさせて、マルコのことを見おろしました。

「あ、あの、以前《いぜん》お会《あ》いした、旅《たび》ネズミのマルコ。マルコ・ポーロです」

「それは、わかってるって。で、後《うし》ろにくっついているちっこいやつは？」

「あ、はい。こちら、友だちのチコ。ハリネズミ・チコといいます」

なんだか、態度《たいど》のでかいヌートリアです。

「いかがです、景気《けいき》は？」

マルコが中腰《ちゅうごし》になり、前足《まえあし》をすりあわせながら、たずねました。

「さっぱりだ。水遊《みずあそ》びには早いってことよ。で、そっちはどうなんだ？」

「けさ、豪華客船《ごうかきゃくせん》ジャカスカ号《ごう》をおりたところです」

「ほう、豪華客船《ごうかきゃくせん》か。そりゃ豪華《ごうか》だな」

「はい。リスボンから乗《の》りこんで、バルセロナまできました」

チコが、つい口をはさむと、

「とはいえ、豪華客船《ごうかきゃくせん》の豪華《ごうか》な客《きゃく》が、レストランの残飯《ざんぱん》あさりとは、いかさない眺《なが》めだな」

ヌーは、マルコとチコが食《た》べていたランチののこりに、鼻《はな》をつまんで見せました。

「ニンゲンの中で生きていくには、欠《か》かせないものが三つある。なんだか、わかるか」

とうとつに、ヌーがきいてきました。

「えーと、光《ひかり》のようにはしり」と、マルコがいうのを受《う》けて、「かげのようにかくれる」と、チコがつづけました。すると、

「あまい、あまい！」

ヌーが、探知機《たんちき》の棒《ぼう》をふりまわしました。

「よく見とけ。ニンゲンと暮《く》らすのに、いちばんだいじなのは、これだ」

ベストの右ポケットから、指《ゆび》でつまみだしたのは、丸《まる》いコインです。

「はあ。で、二番《ばん》目は？」

「二番《ばん》目にだいじなのは、これだ」

左ポケットから取《と》りだしたのも、コインです。

「じゃ、三番《ばん》目は？」

「これだ！」

こんばどは胸《むね》ポケットから、光《ひか》るのを取《と》りだしました。

「そんなのが大切《たいせつ》なんですか、ニンゲンの世界《せかい》では」

「そうとも。お金さえあれば、何《なん》でも手にはいるのさ、ニンゲンの世界《せかい》では。そんなくさい残飯《ざんぱん》を、食《く》ったりしなくってもいいのさ」

「自動販売機《じどうはんばいき》ってので使《つか》うんですか、ひろったお金?」

こんどは、チコがききます。

「まあ。それでもいいけど、市場《いちば》に行《い》けばあらゆるものがそろっているから。サンジョセップ市場《いちば》なんか、のぞいてみなよ。そりゃあ、いろいろあって目がまわるほどだ」

「サンジョセップって?」

「ランブラス通《どお》りに面《めん》している、大きな市場《いちば》さ。バルセロナの胃《い》ぶくろと呼《よ》ばれている。なんなら行《い》ってみるか、これから」

＊

それにはこたえず、マルコは話題《わだい》をかえました。

「どれくらいです、こちら？　ずいぶん長《なが》そうですが」

「ここの暮《く》らしか。かれこれ、二年と三か月になるな」

「気にいってるようですね、ここ」

「バルセロナって街《まち》は、動物《どうぶつ》にもすみやすいところなんだ。地下鉄《ちかてつ》だって、イヌでもネコでも自由《じゆう》にやってる。乗《の》りほうだいさ」

「のらイヌでも？」

「そう。のらイヌでものらネコでものらネズミでも、みんなただ。うそだというなら、連《つ》れていってやってもいいぜ」

「いや。ぼくらはこれから、船《ふね》に乗《の》る予定《よてい》なんで」

と、マルコは手をひらひらさせます。

「また船《ふね》かい。おれは船《ふね》より列車《れっしゃ》だな」

「列車《れっしゃ》できたんですか、ここには？」と、チコ。

「そうさ。フランスのセートって町から、地中海《ちちゅうかい》ぞいにバルセロナまで、トコトコやってきたのさ。いろんな手を使《つか》ってな」

「セートってところに、住《す》まいがあるんですか？」

「ブルゴーニュ運河《うんが》が通《とお》っている海《うみ》べの町だ。運河《うんが》ぞいに、おれのアジトが二、三軒《けん》あるのさ」

「アジト？」

「別荘《べっそう》さ。おいおい、思《おも》い出《だ》させないでくれよ。里心《さとごころ》がつくじゃないか」

「でも、遠《とお》いんでしょう、セートまでは」

「そうさな。ここまでくるのに、三か月はかかったな。あちこち寄《よ》り道《みち》してたから」

「船《ふね》なら、寝《ね》てるあいだに、ひと晩《ばん》でつきますよ」

チコが、自慢《じまん》そうにいいます。

「どこから、やってきたんだ、そっちは？」

「ポルトガルのナザレ。そこを出てきて、リスボンから船《ふね》でここまで」

「ナザレには、親兄弟《おやきょうだい》はいないのかい。心配《しんぱい》してるんじゃないのか」

「あ、妹《いもうと》がいます。チカっていう名《な》前《まえ》の。心配《しんぱい》させないように、さっき手紙《てがみ》を書《か》いたところです」

「どうやって、とどける?」

「だから、ちょうどいいわたり鳥《どり》をさがして、配達《はいたつ》してもらおうかと」

「それなら、おれがあずかっといてやろう。ここには、いろんなのが寄《よ》っていくからな」

ヌーはそういうと、チコの手から手紙《てがみ》をもぎとりました。

「ヌーさんなら、だいじょうぶだよ。なにしろ、顔《かお》がひろいから」

マルコが、チコを安心《あんしん》させます。

このヌートリア、親切《しんせつ》なのか出しゃばりなのかと、チコが考《かんが》えていると、

「ところで、さっきから自慢《じまん》げに豪華客船《ごうかきゃくせん》、豪華客船《ごうかきゃくせん》とわめいているけど、まさか、ただ乗《の》りじゃないだろうな」

ヌーが、とがめるようにいいました。

「はい。その、ただ乗《の》りですよ。お金なんかありませんから。豪華客船《ごうかきゃくせん》ジャカスカ号《ごう》も、ちょこちょこっとつまみ食《ぐ》いで」

マルコが、いいわけします。

「そんでまた、つまみ食《ぐ》いで出かけようってか。豪華客船《ごうかきゃくせん》ジャマシタ号《ごう》で」

「ジャカスカ号《ごう》です。正式《せいしき》には、ジャック・アンド・アスカ号《ごう》。すごく大きい船《ふね》ですよ。でもこんどは、帆船《はんせん》のほうをやっつけるんだって」

チコが、マルコをふりかえります。

「ま、それもいいだろう。で、どこまでいく気だ」

「アドリア海《かい》のコルチュラ島《とう》。そうそう、そちらに向《む》かう船《ふね》を、ヌーさん、知《し》っていませんかね」と、マルコ。

「さあな。船《ふね》ってやつは、気まぐれだからな。帆船《はんせん》ならとくに、風《かぜ》まかせってとこだろう。どこへ行《い》きつくか知《し》れたもんじゃない」

「はい。こんどはその風《かぜ》を見きわめながら、港《みなと》みなとでいい船《ふね》をつかまえるつもりです。帆船《はんせん》のハシゴで」

「ハシゴしながら、コルチュラ島《とう》まで行《い》くんです」

チコが、つけたします。

「まあ、すきにしな。豪華客船《ごうかきゃくせん》なら、おれも乗《の》ってやってもいいけど、風《かぜ》まかせなんてのはおことわりだ。ハシゴから落《お》ちて、首《くび》ねっこを折《お》らないよう、祈《いの》っているぜ」

ヌーは、おもしろくもないという顔《かお》で、立ちさりかけました。その背中《せなか》に、マルコがことばを投《な》げつけます。

「ヌーさんも、ポケットにコインをつめすぎて、海《うみ》に沈《しず》まないよう気をつけてくださいよ」

## カボチャにまぎれて

「なんだか、えらそうなひとでしたね、ヌーさんは」

港《みなと》に引《ひ》きかえしながら、チコがマルコに話《はな》しかけます。

「だれにも相手《あいて》にされないと、たまにはいばりたくなるものさ」

「市場《いちば》にいけば何《なん》でも手にはいるって、いってたけど」

「うそにきまっている。あんな図体《ずうたい》で市場《いちば》をうろうろすれば、たちまちつかまってしまうさ」

「豪華客船《ごうかきゃくせん》なら乗《の》ってもいいと、いってたけど」

「あんなのにこられたら、こっちまでぶらぶら病《びょう》がうつってしまう。さ、これから本気で、てきとうな帆船《はんせん》をさがそう」

マルコは、船《ふね》だまりの堤防《ていぼう》の上を、すべるように歩《ある》いていきます。チコもあとを追《お》って、みじかい足をうごかします。

堤防《ていぼう》のむこうに、三輪《りん》トラックが見えてきました。

トラックの荷台《にだい》につんであるオレンジ色《いろ》の大きなかたまりを、となりで待《ま》っているキリンのようなクレーン車が、運《はこ》びあげているところです。網《あみ》ぶくろで持《も》ちあげては、そばに横《よこ》づけしている三本マストの船《ふね》に、積《つ》みこんでいるのです。

「いいぞ、いいぞ。あれなら、おとなしく乗《の》せてくれそうだ」

「え、どれです?」

「ほら。今《いま》、カボチャを取《と》りこんでいる帆船《はんせん》さ」

「あ、あれ、カボチャですか?」

「そうよ。巨大《きょだい》カボチャだ。帆船《はんせん》の重石《おもし》にもなるし、食料《しょくりょう》にもなるから、むかしから重宝《ちょうほう》がられているんだ。ハロウィーンのあまり物《もの》も、まじっているようだけど」

「ハロウィーンって？」

「だから、子どもがよろこぶお祭《まつ》りだよ。カボチャのお面《めん》をかぶって、歩《ある》きまわるんだ、お菓子《かし》をくれないと、いたずらするぞって。カボチャの大きさを、自慢《じまん》し合《あ》ったりもするんだよ」

「どこへ持《も》っていくんだろう、あんなでかでかカボチャ」

「うーん。アフリカのほうかもな。戦争《せんそう》つづきで、食《く》い物《もの》が足りないっていう話《はなし》だから、あのあたりは」

「ちょっと、古《ふる》めかしい船《ふね》ですね。フライング・パン号《ごう》って名前《なまえ》みたい」

チコが、船尾《せんび》についている船名《せんめい》を読《よ》みます。

「空とぶパン号《ごう》だ。おいしそうじゃないか」

「パエリャみたいなごちそうがあると、さいこうだけど」

「乗《の》ってからのお楽《たの》しみさ。いいか、あのカボチャにまぎれこめば、わけなく船《ふね》にはいれるさ」

＊

マルコのいったとおりでした。

キリンの首《くび》が、巨大《きょだい》カボチャを持《も》ちあげた瞬間《しゅんかん》、マルコとチコは、えいやっと網《あみ》ぶくろにとびつきました。そしてカボチャといっしょに、すんなり帆船《はんせん》に乗《の》り移《うつ》りました。

クレーンはしずしずと、巨大《きょだい》カボチャを船底《せんてい》までおろしていきます。

チコとマルコが、カボチャの山におり立ったところで、からになった網《あみ》ぶくろが持《も》ちあがり、四角《しかく》い天井《てんじょう》が、音をきしませて閉《し》まりました。天井《てんじょう》ちかくの丸窓《まるまど》から、にぶい光《ひかり》がさしこんでいます。

「この船《ふね》、豪華《ごうか》帆船《はんせん》とはちがうみたい」

と、チコが、あたりを見まわしながらいいました。

「かもな。でも、おちつけそうだ。昔《むかし》から船《ふね》のネズミは、船倉《せんそう》にすみつくときまっているんだ。人はめったにこないし、食《た》べ物《もの》はたっぷりあるから」

さっそくマルコが、お得意《とくい》の講義《こうぎ》をはじめます。

「そういえば、船《ふね》が沈《しず》みそうになると、まっ先に逃《に》げだすのは、ネズミだそうですね」

「そりゃそうさ、ネズミは勘《かん》がいいからね。それに、船底《せんてい》にいれば、いちばん早く船《ふね》の変化《へんか》がわかるのさ。水もれでも、エンジンの異常《いじょう》でも」

「でもここ、ずいぶんかびくさい」

チコが、鼻《はな》にしわをよせると、

「ま、ただ乗《の》りだからがまん、がまん。船《ふね》が動《うご》きだしたら、上にいってようすをみよう」

と、マルコは手をひらひらさせながら、たしなめました。

# 第《だい》2章《しょう》 帆《はん》船《せん》フライング・パンツ号《ごう》

## セイルを上げて

ハリネズミ・チコが気づいたときには、船《ふね》の中はかなり暗《くら》くなっていました。夕ぐれがちかづいているのです。

頭上《ずじょう》でドラの音が鳴《な》りひびき、見おくりの人たちのにぎやかな歓声《かんせい》があがります。

勇《いさ》ましい音楽《おんがく》がはじまりました。

「こんなぱっとしない船《ふね》にしては、やけに盛大《せいだい》じゃないか」

旅《たび》ネズミのマルコが、ふしぎそうにいいます。

船《ふね》が、ブルブルふるえだしました。

「エンジン始動《しどう》だ。港《みなと》を出るまではエンジンだけど、ひろい海《うみ》に出ると、セイルをあげる。そこで風向《かざむ》きと相談《そうだん》しながら、コースをきめるんだ」

マルコが、解説《かいせつ》します。

船《ふな》ばたをたたく水の音が、しだいににぎやかになりました。その波音《なみおと》をうちけすように、へんなうなり声《ごえ》が聞《き》こえてきたのは、そのときです。

「どうした？　腹《はら》でも、いたいのか？」

マルコが、暗《くら》がりのチコにいいます。

「ぼくじゃない。マルコでしょう」

「いや、わしじゃない。だれかほかにも、このへやにいるのかな？」

「ひょっとして、幽霊《ゆうれい》とか？」

「まさか。幽霊《ゆうれい》が起《お》きだすには、時間《じかん》がはやいだろう。それより、セイルをあげるところを、見のがす手はない。ちょっと、上をのぞきにいこう」

まるで幽霊《ゆうれい》から逃《に》げるみたいに小声《こごえ》でいうと、マルコはチコの肩《かた》を引《ひ》きよせました。ふたりして、ドアの下をくぐりぬけます。

＊

暗《くら》い通路《つうろ》には、人っ子ひとりいません。乗組員《のりくみいん》はみんな、出港準備《しゅっこうじゅんび》のために、デッキに集合《しゅうごう》しているようです。

すぐそばのらせん階段《かいだん》をつたって、上へ上へとすすみます。港《みなと》くさい風《かぜ》が、チコの背中《せなか》の針《はり》をなでていきます。最上階《さいじょうかい》のデッキにたどりついたころには、チコたちの船《ふね》が二重《にじゅう》の防波堤《ぼうはてい》の外側《そとがわ》を、すりぬけるところでした。
五、六人の乗組員《のりくみいん》が、セイルをあげるために、マストのまわりにむらがっています。何《なん》十本ものロープが、クモの糸のようにからみあっています。
「セイルが開《ひら》き、エンジンがとまると、帆船《はんせん》は命《いのち》を吹《ふ》きこまれたように生きかえる。そのときが、もっともすてきな時間《じかん》なんだよ」

マルコの説明《せつめい》を聞《き》きながら、チコは出てきた港《みなと》に目をやりました。

バルセロナの街《まち》が、遠《とお》ざかっていきます。モンジュイックの丘《おか》につづくロープウェイのゴンドラが、カタツムリのように小さく見えます。夕やけのおだやかな空を、鳥《とり》たちがつらなって飛《と》んでいきます。

コウノトリのカタカタさんたちは、無事《ぶじ》ナザレに向《む》かっているでしょう

か？　カタカタさんの背中《せなか》に乗《の》ったノウサギ・アララは、妹《いもうと》のハリネズミ・チカに会《あ》えるでしょうか？　別《わか》れてからまだ半日《はんにち》しかたっていないのに、ずっと昔《むかし》のことのように思《おも》われます。

ロープをひっぱる乗組員《のりくみいん》たちのかけ声《ごえ》が、はげしくなりました。髪《かみ》の毛《け》も口ひげも火のように赤い大男が、船《ふね》の後方《こうほう》で大きな舵輪《だりん》をにぎっています。たぶん、あの赤ひげが船長《せんちょう》でしょう。

「おーい、くそったれ！　わしらの船《ふね》を、追《お》いぬこうっていうのか、なまいきな！　地獄《じごく》へ落《お》ちろ！」

赤ひげが、きたないことばでどなりはじめました。

チコの目《め》の前《まえ》を、こちらより倍《ばい》も長《なが》い帆船《はんせん》が、すりぬけていきます。まるで、ほえかかるちびイヌには目もくれない、グレートデンみたいに。

「お、スターライト号《ごう》だ。おなじ時間《じかん》に港《みなと》を出たんだ。どこへ行《い》くつもりだろう。やはり、あれにすればよかったかな」

マルコがつぶやく先を、五本マストにそれぞれ、まっ白いセイルをひろげた豪華帆船《ごうかはんせん》は、南東《なんとう》に進路《しんろ》をとりはじめています。

港《みなと》での盛大《せいだい》な見おくりは、あの船《ふね》のためだったんだと、チコははじめて気づきました。なんて美《うつく》しい船《ふね》でしょう！　息《いき》をするのもわすれて、見とれてしまいます。

＊

そのときです。チコの首《くび》ねっこが、むぎゅっと強《つよ》い力で押《お》さえられたのは！

「ふっふっふ。つかまえたぞ、ただ乗《の》りどもめ！」

くさい息《いき》が、チコの耳にかかります。

ああ、せっかく帆船《はんせん》に乗《の》りこんだのに、ここでつかまっては一巻《いっかん》のおわり。ハリネズミは、あきらめもいいのです。海《うみ》に投《な》げすてられる覚悟《かくご》をして、チコは立てかけた背中《せなか》の針《はり》を、おさえました。

マルコもつかまったらしく、となりでもがいています。

「ちょ、ちょっと。なんのまねですか、その手をはなしてくださいよ、ヌーさん」

マルコの声《こえ》に、チコの針《はり》がまた突《つ》っ立《た》ちました。

ヌーさん、だって？

チコの首《くび》から、手がはなれました。

「ぐはっ、はっは！」

下品《げひん》な笑《わら》い声《ごえ》をあげながら、あのいばり屋《や》のヌートリアが、ふたりの前《まえ》にあらわれました。

「いったい、どうして？」

さすがのマルコも、ことばがつづきません。

「あのあとで気がついたんだが、日本という国《くに》では、おれはカイリネズミって呼《よ》ばれているんだ。ネズミにハリネズミにカイリネズミ。ネズミつながりで、うまくいくんじゃないかって気がしてな」

「え？　日本って、ジパングのことでしょう。あそこに、いってたの？」

マルコが、息《いき》せき切《き》ってたずねます。

「いや、いくらおれでも、あんな遠《とお》いところまでは出かけないさ。ただ、ブルゴーニュに船遊《ふなあそ》びにきた日本人が、そんな話《はなし》をしてたってこと。運河《うんが》にいたおれを見つけて。いかすだろう、ネズミつながり」

それには答《こた》えず、マルコがいいます。

「もう、コイン集《あつ》めはやめたので？」

「ああ、いささかあきてきたもんで。で、きみたちがどの船《ふね》にもぐりこむのか、見にきたのさ。たよりないのが二ひき、帆船《はんせん》で密航《みっこう》なとど大それたことをしでかそうってんだから。はらはらしたぞ」

ひと息《いき》入れると、ヌーは、つけたすようにいいました。

「あ、さっき西《にし》に向《む》かう鳥《とり》に会《あ》ったから、おまえの手紙《てがみ》、ことづけといてやったよ」

「ほんとに？　どうも」

チコは、それだけしかいえません。

「でも、どこからここに？　あのコインで、船賃《ふなちん》をはらって？」

マルコは、ヌーの乗《の》り方《かた》が気になるようすです。

「正面玄関《しょうめんげんかん》から、どうどうとはいったさ。この船《ふね》は客船《きゃくせん》じゃないから、門番《もんばん》なんてのもいなかった」

「やっぱり、客船《きゃくせん》じゃないんだ、この船《ふね》」と、チコ。

「だから、船賃《ふなちん》もはらわない。正体不明《しょうたいふめい》のあやしい船《ふね》なんだ！　なにしろ船《せん》名《めい》まで、フライング・パンツってんだから」

「え？　フライパンじゃないの？」

チコが、ききかえします。

「ちがうね。船尾《せんび》の船名《せんめい》は、最後《さいご》のツの字が消《き》えかけてるんだ。たまたまか、わざとかは知《し》らないけど。空飛《そらと》ぶパンツ号《ごう》とは、まともな船《ふね》の名前《なまえ》じゃないだろうが」

またまた、ややこしい船《ふね》に、ややこしい相手《あいて》と乗《の》り合《あ》わせたもんだと、チコは思《おも》いました。さっき船倉《せんそう》で聞《き》いた気味《きみ》わるいうなり声《ごえ》が、耳によみがえります。

## カボチャからカメ

セイルを張《は》りおわった船員《せんいん》たちが、デッキの中央《ちゅうおう》に集《あつ》まってきています。晩《ばん》ごはんのまえの、自由時間《じゆうじかん》でしょうか。タバコをふかしたり、ラム酒《しゅ》をラッパ飲《の》みしたり、腕立《うでた》てふせをしたり、勝手《かって》気ままにふるまっています。

「こんなときが、あんがい危険《きけん》なんだ。わたしらは、ひとまず船底《せんてい》にもどりますから」

マルコが、ヌーをふりはらうようにいいました。

「それがいい。じゃ、おれもいっしょに、いってやろう」

さそいもしないのに、ヌーが小さなスーツケースをひっぱってついてきます。中には、金属探知機《きんぞくたんちき》で集《あつ》めた全財産《ぜんざいさん》がはいっているのでしょう。

船倉《せんそう》のとびらの下をくぐりぬけるのに、からだの大きいヌーは、かなりくろうしました。それでも、毛皮《けがわ》にべったりついているあぶらのおかげで、なんとかすべりこむことができました。

「なんだ、ここ。カボチャの山じゃないか。もっと、まともな食《く》い物《もの》はないのか」

ヌーが不満《ふまん》そうにいったとき、「ぐ、ぐ、ぐう」と、腹《はら》ぺこのおなかがなるような音が聞《き》こえました。

「おいおい、だれだ、今《いま》のは？」

暗《くら》がりの中で、ヌーの目が光《ひか》ります。ようやく、暗《くら》やみに目がなれてきたチコも、注意《ちゅうい》ぶかくあたりを見まわしました。

そのとたん、横波《よこなみ》をうけたフライング・パンツ号《ごう》がぐらりとかたむき、カボチャの山がドカドカッとくずれました。すると、床《ゆか》に落《お》ちたカボチャのひとつから、手足があらわれ首《くび》がのびてきたではありませんか。

暗《くら》がりでは、オレンジ色《いろ》は灰色《はいいろ》っぽく見えますが、そばのカボチャとおなじ色《いろ》の大きなカメです。赤土をぬりたくったらしく、ところどころはげかけています。ヘビのような首《くび》を立てて、こちらをにらんでいます。

「ゲゲッ。こぎたないカメだ！」

ヌーが、目をこすってさけびました。

「さがれ、ぶれいもの！　打《う》ち首《くび》にいたすぞ！」

カボチャそっくりのカメが、さけびかえしました。

「打《う》ち首《くび》だって？　なにさまだ、おまえ！」

すこし腰《こし》がひけながら、ヌーがいいます。

「余《よ》は、ホウシャガメのナポレオン将軍《しょうぐん》だ。世界一《せかいいち》、えらいカメだぞ」

「ホウシャガメだって？　聞《き》いたことないなあ」

ヌーがぶしつけにいうと、カメはますますおこりだしました。

「そんなことも知《し》らないのか。余《よ》のこうらの放射状《ほうしゃじょう》のもようは、世界《せかい》じゅうのあこがれなのだ。おまけにこの余《よ》は、ナポレオンというえらい将軍《しょうぐん》と同格《どうかく》なのだぞ。おぼえておけ、このオタンコナスが！」

ものすごいけんまくです。

「えらい将軍《しょうぐん》にしては、えらいかっこうだなあ」

ヌーがまた、ばかにしたようにいいます。

「おしのびなのだ。カボチャに変身《へんしん》して、海《うみ》をわたるのだ」

「おしのびで、どこへ行《い》こうというのです」

マルコが、いくらかあらたまってききました。

「余《よ》に用《よう》があるなら、ひざまずいてものをいえ」

えらい将軍《しょうぐん》らしく、えらく威厳《いげん》のある声《こえ》です。

「ははあ？　余《よ》って、自分《じぶん》って意味《いみ》なんでございましょうか」

相手《あいて》がふんぞりかえるので、ますますていねいになって、マルコがききます。

「とうぜんだ。余《よ》は余《よ》のことを余《よ》とよぶのだ」

「で、余《よ》さまが、ナポレオンというお名前《なまえ》で？」

「これだから、若《わか》いやつは困《こま》るのだ。すこしは歴史《れきし》を勉強《べんきょう》したまえ、歴史《れきし》を。余《よ》は、かの有名《ゆうめい》なフランスの将軍《しょうぐん》、ナポレオン・ボナパルトの再来《さいらい》であるぞ」

どうやら、さっきからへんなうなり声《ごえ》をたてていたのが、このカメらしいのです。それにしても、そんなごりっぱなカメが、どうしてカボチャにばけて、帆船《はんせん》の船倉《せんそう》にころがっているのでしょうか。

「今《いま》、こちらのマルコもお聞《き》きしましたが、海《うみ》をわたってどこまで行《い》かれるご予定《よてい》で？」

チコがのりだし、ひざまずいてたずねました。

「船《ふね》のことは、船《ふね》に聞《き》け。余《よ》は知《し》らん」

カメの将軍《しょうぐん》は、投《な》げやりにこたえます。

＊

「西暦《せいれき》一七九八年《ねん》のことだ。フランスのナポレオン・ボナパルトが二十九歳《さい》の若《わか》さで、エジプト遠征《えんせい》の途中《とちゅう》マルタ島《とう》に立ちよったのは、すこしでも歴史《れきし》をかじったものなら知《し》っておろうが。しかしそのおり、マルタ騎士団《きしだん》の団長《だんちょう》より、世界《せかい》でもっともきれいなホウシャガメ、つまりこの余《よ》が、ナポレオン将軍《しょうぐん》に献上《けんじょう》されたことは、あまり知《し》らされていない事実《じじつ》であーる」

カメのナポレオン将軍《しょうぐん》が、フライング・パンツ号《ごう》に乗《の》りこむまでのいきさつを、チコたちに話《はな》しはじめたのは、帆船《はんせん》が風《かぜ》をうけてしずかに走《はし》りはじめた、その日の夜《よる》にはいってからでした。

「ボナパルト将軍《しょうぐん》は余《よ》の美《うつく》しさに感動《かんどう》され、エジプト遠征《えんせい》に勝利《しょうり》したあかつには、かならず連《つ》れにくるから、余《よ》のことを将軍《しょうぐん》自身《じしん》だとおもって、くれぐれも大切《たいせつ》にあつかうように、といいわたしした。そして、まちがいがないように、自分《じぶん》の短剣《たんけん》で余《よ》のこうらにサインをいれたのであーる」

カメの将軍《しょうぐん》は、なれた調子《ちょうし》で、この物語《ものがたり》をなめらかに話《はな》していきます。

「そりゃ、ナポレオンくらい知《し》ってるさ。フランスの皇帝《こうてい》にまでのぼりつめた名高《なだか》い英雄《えいゆう》だろう。けど、大昔《おおむかし》の人じゃなかったかね、二百年以上《いじょう》もまえの。そのころのお知《し》り合《あ》いが今《いま》もご存命《ぞんめい》とは、おどろきもものきだね」

ヌーが、いかにも信《しん》じがたいというように、口をはさみました。それにはこたえず、カメ将軍《しょうぐん》は話《はなし》をつづけます。

「おまえたち、キャプテン・クックという探検家《たんけんか》の名前《なまえ》を、聞《き》いたことがあるだろう。ほら、ニュージーランドやオーストラリアに寄港《きこう》したイギリス船《せん》の艦長《かんちょう》だ。そのクックが、南太平洋《みなみたいへいよう》のトンガ王国《おうこく》に寄《よ》ったとき、ホウシャガメを一頭献上《とうけんじょう》したという記録《きろく》がある。そのカメは、その後《あと》すくなくとも一八八年は生きのびたのだ。余《よ》が二百歳《さい》をこえているといって、なんの不思議《ふしぎ》が

あろう。余《よ》の知識《ちしき》では、東方《とうほう》の日本という国《くに》には、ツルは千年カメは万年というこことわざすらあるという。二百年やそこらで、おどろくでなーい」

「そりゃまあ、カメが長生《ながい》きだってのは常識《じょうしき》ですが、あの皇帝《こうてい》ナポレオンの再来《さいらい》とまでは、いかがなものでしょう」

マルコも納得《なっとく》できないようすで、意見《いけん》をのべます。

「なら、ちょっとこっちにきて、余《よ》のこうらにさわってみるがいい。ボナパルトが短剣《たんけん》でサインしたあとが、くっきりとのこっているのだ」

いわれてマルコは、しずしずとカメ将軍《しょうぐん》にちかづき、背中《せなか》にくっついた赤土をはがして、こうらの後《うし》ろのほうを、指《ゆび》でなぞりました。

「たしかに、字らしいものが書《か》いてある。そう、N《エヌ》という字とP《ピー》という字らしいけど。これがほんとに、ナポレオン将軍《しょうぐん》のサインで？　なんだか、子どもの字みたいだけど」

はじめはチコに、あとはカメ将軍《しょうぐん》に向《む》けて、マルコはいいました。

「字が下手《へた》なのが、なによりの証拠《しょうこ》だ。ナポレオン・ボナパルトは、算数《さんすう》はできたけど、国語《こくご》はからきしだめだったのだ。自分《じぶん》の名前《なまえ》も、書《か》きまちがえたほどだから。で、もって、急《いそ》ぐときにはN《エヌ》とP《ピー》だけでサインをすませたのであーる」

「いそがしかったのね、ナポレオン将軍《しょうぐん》」と、チコ。

「ところが、エジプト遠征《えんせい》では、イギリスのネルソン提督《ていとく》の艦隊《かんたい》にいためつけられ、ほうほうのていでフランスに逃《に》げもどったため、余《よ》を引《ひ》きとることができなかったのであーる」

「じゃ、あなたは、二百年もマルタ島《とう》で待《ま》ってたわけで」と、マルコ。

「いや。はじめの二十年くらいは、ボナパルトが迎《むか》えにくるのを待《ま》っていた。が、彼《かれ》がフランスで二度《ど》の戦《たたか》いにやぶれ、セントヘレナ島《とう》で病死《びょうし》してからは、スペインはバルセロナの貴族《きぞく》が余《よ》を引《ひ》きとり、お屋敷《やしき》の庭《にわ》で丁重《ていちょう》にあつかってきたのであーる」

「それがどうして、こんな船《ふね》に？」

チコが、いちばん気になっている疑問《ぎもん》をぶつけました。

「だから、船《ふね》のことは、船《ふね》に聞《き》けといったであろう。とつぜん何人《なんにん》かの男が余《よ》を連《つ》れだし、きたないカボチャに変装《へんそう》させて、この帆船《はんせん》にもぐりこませたのだ。どこで何《なに》をしたいかは、余《よ》の知《し》ったことではなーい」

ようするに、誘拐《ゆうかい》されたということらしいのです。けれども、なにからなにまで、自信《じしん》たっぷりに話《はな》すこの超年寄《ちょうとしよ》りのカメに、チコはだんだん、親《した》しみをおぼえてきました。

## 口笛《くちぶえ》を吹《ふ》くコック

船倉《せんそう》のドアのすきまから、おいしそうなにおいが流《なが》れてきます。乗組員《のりくみいん》たちの晩《ばん》ごはんがはじまったのです。一皿目《さら》は、チーズとニンニクたっぷりのパスタみたいです。

「腹《はら》へったな。どこかで、食《く》い物《もの》さがしてこなくっちゃ」

マルコが、チコの耳もとでいいました。チコのおなかも、さっきからキュウキュウ悲鳴《ひめい》をあげています。

ふたりのひそひそ声《ごえ》を聞《き》きつけたのか、ヌーが割《わ》りこんできました。

「食《く》い物《もの》なら、そこらにあるだろうが。なにしろここは、食料倉庫《しょくりょうそうこ》なんだから。カボチャの下を掘《ほ》ってみな。生ハムくらい出てくるんじゃないか」

「ないない。生ハムなど、あるわけがない！」

そういったのは、カメ将軍《しょうぐん》です。

「なんでだよ。船《ふね》の食事《しょくじ》には、ハムは付《つ》き物《もの》だろう」

ヌーが、口をとがらせます。

「知《し》らないのか。この船《ふね》はイスラムの船《ふね》だ。ブタ肉《にく》でできたものは、こんりんざいないぞ！」

「そうか。生ハムって、ブタのもも肉《にく》の塩《しお》づけなんだ」

マルコがうなずきます。

「ブタ肉《にく》がきらいなの、イスラムのひとって？」

チコが聞《き》きました。

「きらいもすきもない。イスラム教徒《きょうと》は、ぜったいにブタを口にしないというのが、昔《むかし》からきまりであーる」

またまた、めんどうなことをいいだすカメです。

「なんで、イスラム教徒《きょうと》は、ブタを食《た》べないの？」

「神《かみ》の教《おし》えだ。コーランに、ブタ関係《かんけい》のものはすべて、口にいれてはいけないと書《か》いてある。ニンゲンにはどこでも神《かみ》というものがあり、ウシはだめとか酒《さけ》はだめとか、いろんなきまりをつくっている」

「じゃ、なんならいいの？」

「そこのカボチャをかじっていれば、ばちはあたらない。それより、余《よ》の料理《りょうり》人が、そろそろ夕食《ゆうしょく》をはこんでくるはずだ」

「へーえ、余《よ》の料理《りょうり》人がねえ」

ヌーがまた、ひにくっぽくいったときです。ドアの外《そと》から、口笛《くちぶえ》がひびいてきました。

ギギギッとドアを背中《せなか》で押《お》し開《あ》けて、ニンゲンがひとりはいってきました。

ドア付近《ふきん》の壁《かべ》に手をのばし、へやの電気《でんき》をつけます。まるまる太《ふと》った子ブタみたいな男です。

チコたち密航者《みっこうしゃ》は、あわててカボチャのかげにかくれました。

「もしもしカメよカメさんよ」

太《ふと》った男は、口笛《くちぶえ》を鼻歌《はなうた》にかえながら、カボチャの山にちかづいてきます。

カメ将軍《しょうぐん》が、こっちだこっちだというように、首《くび》をふりました。

「あれまあ、ほんとにお食事《しょくじ》をもってきたみたいだぜ」

大声《おおごえ》を出しかけたヌーを、マルコがシーッとだまらせました。

「はい、コックのゴッツァンですよ。お待《ま》たせしました、おカメさま」

自分《じぶん》でゴッツァンと名のった男は、コックといっても、よれよれのベストに、ニッカーボッカ風《ふう》にすそをしぼったぶかぶかのパンツをはいているだけで、コック帽《ぼう》もかぶっていません。かなりの下っぱみたいです。

「えーと、今夜《こんや》のメニューは、コンソメでゆでた新鮮《しんせん》なキャベツとカボチャのさとう煮《に》でございます。メインはマグロのステーキ。デザートはリンゴのタルト。ブタははいっていないから、安心《あんしん》してお召《め》しあがりくださいな」

コックのゴッツァンは、カメ将軍《しょうぐん》の鼻《はな》さきに、四角《しかく》いトレイをさしだしました。そして、「じゃ、のちほど、お散歩《さんぽ》をさせてさしあげますから」と、いったかと思《おも》うと、電気《でんき》を消《け》さずに口笛《くちぶえ》を鳴《な》らして出ていきました。

「デザートだって！」

チコが、ため息《いき》まじりにいいました。

「お散歩《さんぽ》だってよ！」

ヌーも、あきれたようにいいました。

「しかし、お散歩《さんぽ》ったって、ここは船《ふね》の中だよ。どこに連《つ》れていく気だろう。あの太《ふと》っちょの男が、こちらの太《ふと》っちょのおカメさまを」

マルコが、カメ将軍《しょうぐん》に聞《き》こえないよう、ひそひそ声《ごえ》でいいます。

「外《そと》の廊下《ろうか》じゃないのか。それとも、デッキに連《つ》れてあがって、ジョギングでもさせるとか」

そういうヌーのことばに、マルコがとびつきました。

「それだ。デッキに出てくれるならおもしろい。わしらもついていって、ようすを見ようじゃないか。カメ将軍《しょうぐん》が、どんなあつかいを受《う》けるか」

「わかった。それまで、このまずいカボチャでもかじりながら、太《ふと》っちょコックの次《つぎ》のお出ましを待《ま》つとしよう」

ヌーもはじめて、きげんのいい声《こえ》を出しました。

＊

太《ふと》っちょコックの口笛《くちぶえ》がふたたび聞《き》こえてきたのは、夜《よる》もかなりすぎてからでした。こんどはひとりではなく、カマキリみたいにやせ細《ほそ》った男がいっしょです。

「どうやってつれていきます、ボースン？」

太《ふと》っちょコックが、カマキリ男にききます。

「あのひょろひょろが、ボースンだって。つまり水夫長《すいふちょう》。乗組員《のりくみいん》のまとめ役《やく》だ。風《かぜ》が吹《ふ》けば飛《と》んでいきそうなのが」

ヌーがばかにしたように、しのびわらいをしました。

ボースンと呼《よ》ばれた男は、頭《あたま》に赤いスカーフをまき、腰《こし》のベルトに皮《かわ》のむちをさしているところなど、ちょっと見海賊《かいぞく》みたいです。

「いいかい。ていねいにお運《はこ》びするんだぞ。たいせつなお客《きゃく》さまだから」

ひょろひょろボースンは、タンのつまったようなかすれ声《ごえ》で、太《ふと》っちょコックに命令《めいれい》します。

コックのゴッツァンが、カメ将軍《しょうぐん》の前《まえ》にかがみこみ、よっこらしょっと、かかえあげました。巨大《きょだい》カボチャより重《おも》たいらしく、よたよたしています。カマキリ男は、手伝《てつだ》いもせず、さっさとドアの外《そと》に出ました。太《ふと》っちょコックが、カメをだいて後《うし》ろを歩《ある》きます。

「よし、今《いま》だ。あとにつづけ」

マルコが、チコをうながしました。ヌーは、さそわなくてもついてきます。太《ふと》っちょがよたよた歩《ある》きなので、追《お》いかけるのは楽《らく》でした。らせん階段《かいだん》をぐるぐるまわり、最上階《さいじょうかい》のデッキに出ました。この船《ふね》には、ジャカスカ号《ごう》のようなりっぱなエレベーターはないみたいです。

上に出るのを待《ま》ちかねて、チコは、スハーッと息《いき》をすいこみました。空気がこんなにおいしいとは!

うっすらともやのかかる海《うみ》を、しずかに月が照《て》らしています。月は西《にし》にかたむきはじめ、黒《くろ》い大きなかげが、波《なみ》のむこうに浮《う》き出《で》ています。

「マヨルカ島《とう》かな、あれ?」

マルコが、指《ゆび》さしました。

「じゃ、あの明《あか》るいのはパルマの街《まち》だ。あそこのアーモンド菓子《がし》はめっちゃおいしいらしいぜ。いっぺん行《い》ってみたいと思《おも》っていたところだ」

ヌーがそういい、舌《した》なめずりをしました。

「いや、あの島《しま》、動《うご》いてますよ」

チコが手すりのあいだから顔《かお》を出し、目をこらしました。

「ほんとだ。あれは、島《しま》じゃないな。わかった、スターライト号《ごう》だ。うちの船《ふね》の先を行《い》ってる」

マルコが、ヌーをふりかえりました。

島《しま》と見まちがうほど、大きな船《ふね》です。今《いま》はセイルをおろしてエンジンだけで航行《こうこう》しているらしく、色《いろ》とりどりの灯《あか》りが、クリスマスツリーのように五本のマストをかざっています。

「だとすると、マヨルカ島《とう》は素通《すどお》りして、東《ひがし》に進《すす》んでいるってことか」

ヌーは、ちょっと残念《ざんねん》そうです。

「でも、このコースなら、しだいにコルチュラ島《とう》にちかづくはずだ。アフリカなんかに寄《よ》らなければ」

マルコがいいます。

「アフリカはやめてほしいな。このところ戦争《せんそう》だらけで、いいことはなさそうだから」

ヌーがいうと、マルコがつづけます。

「コルチュラ島《とう》なら、いいことだらけだよ、きっと」

「コルチュラに、何《なに》があるというんだ」

ヌーが、いらついてききました。

「だから、こちらのマルコが尊敬《そんけい》する、ニンゲンのマルコ・ポーロが生まれた家《いえ》があるんだって、コルチュラ島《とう》には」

チコが説明《せつめい》すると、ヌーがいいかえしました。

「それなら、コルシカ島《とう》が先だ。この進路《しんろ》をとれば、まず行《い》き当《あ》たるのはコルシカ島《とう》だ。知《し》ってるかい。コルシカ島《とう》のアジャクシオって街《まち》は、ニンゲンのナポレオンが生まれたところなんだぜ」

ヌーのいうのを聞《き》いて、チコが小さくとびあがりました。

「もしかして、この船《ふね》、そのアジャクシオってところを目指《めざ》してるんじゃないの」

「どうして、わかるんだ」

ヌーがききます。

「だってあのカメ将軍《しょうぐん》、自分《じぶん》のことをナポレオンの再来《さいらい》だっていってたじゃない。それなら、ナポレオンの生まれ故郷《こきょう》に行《い》くってのが、いちばんありそうでしょう」

「そうかもな。ナポレオンの生まれ故郷《こきょう》からマルコ・ポーロの生まれ故郷《こきょう》をめぐる船旅《ふなたび》なんて、それこそ豪華《ごうか》だぜ」

マルコがいうと、ヌーも、

「それなら、おれの生まれ故郷《こきょう》のセートにも、寄《よ》ってもらいたいもんだ」

と、小手をかざして、月明《つきあ》かりの海《うみ》に目をやりました。いかにもすぐ近《ちか》くに、自分《じぶん》の別荘《べっそう》があるみたいに。

## ナポレオンの帽子《ぼうし》

チコたちが、夜《よる》の空気を楽《たの》しみながらおしゃべりをしているあいだ、コックのゴッツァンは、ひょろひょろボースンに叱《しか》られ叱《しか》られ、カメ将軍《しょうぐん》に散歩《さんぽ》をさせていました。散歩《さんぽ》といっても、デッキを前《まえ》に行《い》ったり後《うし》ろに行《い》ったりするだけでしたが。

フライング・パンツ号《ごう》のデッキは、ジャカスカ号《ごう》とちがって何《なに》も目をひくものはありません。プールもなければバーもなく、ただ船尾《せんび》に、船《ふね》をあやつる大きな舵輪《だりん》があるくらいです。そこに人かげがないのは、夜《よる》だから操舵室《そうだしつ》の中で、舵《かじ》をとっているせいでしょう。

こそこそ話《はな》しているチコたちのところに、散歩《さんぽ》の連中《れんちゅう》がちかづいてきました。カメ将軍《しょうぐん》は、胴体《どうたい》にベルトを巻《ま》かれ、飼《か》いイヌのように引《ひ》き綱《づな》をつけられています。

ちょうど、チコたちの目《め》の前《まえ》で、カメ将軍《しょうぐん》はペタリとおなかをつけてすわりこみました。

チコたちは、すばやくそばにあったコイル巻《ま》きのロープの中にとびこみました。ぐるぐるつみあげられたロープは、まるでとぐろを巻《ま》いたヘビみたいで、いい気分《きぶん》とはいえません。でも、見つかってはたいへんなので、チコはじっとがまんしました。

「こら、おまえ。口笛《くちぶえ》はどうした。おまえが口笛《くちぶえ》をやめるから、おカメさまも歩《ある》くのをやめるんだ」

また、ひょろひょろボースンがどなっています。

あわててゴッツァンは、とくいな曲《きょく》を、口笛《くちぶえ》で吹《ふ》きはじめました。

けれどもカメ将軍《しょうぐん》は、なれない船《ふね》での散歩《さんぽ》につかれたのか、なかなか歩《ある》きだそうとしません。

「ま、二百歳《さい》だそうだからな。むりやりひっぱって、あの世《よ》に行《い》かれてしまっちゃ台無《だいな》しだけど」

ボースンはそういうと、デッキの手すりにもたれて、タバコに火をつけました。そのあいだもコックのゴッツァンは、口笛《くちぶえ》を吹《ふ》きつづけます。

「今《いま》の曲《きょく》、知《し》ってるぞ。上を向《む》いて歩《ある》こう、って歌《うた》だ。それが、スキヤキソングっていう名前《なまえ》で、ジパングから世界中《せかいじゅう》にひろがったんだ。さすが、マルコ・ポーロさまがあこがれただけあって、黄金《おうごん》の国《くに》ジパングは、音楽《おんがく》もすばらしい」

旅《たび》ネズミのマルコが、自分《じぶん》のことのようにジパングを自慢《じまん》します。

「それにしても、どうしてあのコック、ずっと口笛《くちぶえ》を吹《ふ》かされているのかしら?」

ふしぎがるチコに、マルコが教《おし》えました。

「コックといえば、昔《むかし》からつまみ食《ぐ》いがつきものなのさ。だから、そういうくせをなおすために、仕事中《しごと》も口笛《くちぶえ》を鳴《な》らしつづけるようにしたのさ、昔《むかし》から帆船《はんせん》では。おまけに、口笛《くちぶえ》を吹《ふ》けば風《かぜ》が強《つよ》くなるというし」

「そうか。口笛《くちぶえ》とつまみ食《ぐ》いは、同時《どうじ》にはできないもんね。けっこうきびしいんだ、下っぱコックは」

チコは、コックのゴッツァンが、なんだか気のどくになりました。

「いやいや。あれだけ太《ふと》っているところをみると、かげでやってんじゃないか、つまみ食《ぐ》い」

と、ヌーが、コックのお尻《しり》を指《ゆび》さしました。

その太《ふと》っちょコックが、きゅうに口笛《くちぶえ》をやめて、ぼそぼそボースンに話《はな》しかけました。

「だけど、なんでこのカメ、こんなにたいせつにされてるんですかね」

「おまえ、新聞《しんぶん》ってもの、読《よ》んだことねえんだろう」

ボースンはそういうと、タバコのけむりを空に吹《ふ》きあげました。

「新聞《しんぶん》に出たんですか、この年寄《としよ》りガメが」

「そうじゃねえ。出たのは、ナポレオンの帽子《ぼうし》だ」

「ぼ、帽子《ぼうし》？」

「そう、帽子《ぼうし》よ。ナポレオン・ボナパルトさまの」

「その帽子《ぼうし》が、何《なに》をしたので」

「売《う》りに出されたのよ。じっさいに、ナポレオンがかぶっていた帽子《ぼうし》がな。いくらで、買《か》い値《ね》がついたか、わかるか？」

「古《ふる》い帽子《ぼうし》でしょう。洗《せん》たくしてあるなら、かぶる気にもなりますが」

「だから、おまえはだめなんだよ。ナポレオンさまの汗《あせ》じみがしみついているから、値打《ねう》ちがあるんじゃないか」

「そんな汗《あせ》じみ、だれが買《か》うんですか」

「聞《き》いておどろくな。ちょっとまえだけど、フランスはパリのオークションで、ナポレオン・ボナパルトがかぶっていた二角帽子《にかくぼうし》というのに、あきれるほど高《たか》い値段《ねだん》がついた。あんな汗《あせ》じみだらけの帽子《ぼうし》ひとつで、プール付《つ》きの別荘《べっそう》が二つも三つも買《か》えるくらいの値打《ねう》ちなんだ」

「じゃ、ナポレオンが鼻《はな》をかんだハンカチでも、値打《ねう》ちがあるんで」

「そこなんだ。ナポレオンがさわったという証拠《しょうこ》さえあれば、ハンカチだろうと、パンツだろうと、大金を出してほしがるニンゲンがいるんだよ、ひろい世《よ》の中《なか》には」

「わかった。そこのカメさんも、ナポレオンがさわったというわけで」

「証拠《しょうこ》だよ。このおカメさまには、ナポレオンがさわった以上《いじょう》の証拠《しょうこ》が、はっきりのこっているんだ」

「うそ、どこに?」

「それを教《おし》えるわけにはいかない。おカメさまを盗《ぬす》むやつがあらわれては、たいへんだからな」

ボースンは、これで話《はなし》はおわったというように、火のついたタバコを、海《うみ》に投《な》げすてました。

＊

ひょろひょろボースンのいうのを聞《き》きながら、チコは、カメ将軍《しょうぐん》の泥《どろ》だらけのこうらを思《おも》いだしました。あの背中《せなか》のサインが本物《ほんもの》ならば、カメ将軍《しょうぐん》が大切《たいせつ》にされるのも、うなずけるというものです。

フライング・パンツ号《ごう》は地中海《ちちゅうかい》の沖合《おきあ》いをひたすらすすみ、どちらを向《む》いても暗《くら》い海《うみ》です。さっきまで見えていたスターライト号《ごう》の灯《あか》りも、夜霧《よぎり》にすいこまれています。

「ひろい海《うみ》に出たから、すこしゆれはじめたな」

マルコのいうのが聞《き》こえたみたいに、カメ将軍《しょうぐん》がズルッとおなかをすべらせました。

「ゆれるのはごめんだぜ。せめて、セートに着《つ》いてくれないかな。あそこの運河《うんが》はおだやかだから、船《ふな》よいなんかありえないんだけど」

めずらしく弱気《よわき》で、ヌーがいいます。

チコもおなじ気持《きも》ちです。ジャカスカ号《ごう》で船《ふな》よいしかけたときのいやな気《き》分《ぶん》が、よみがえってきます。

「夜《よる》のあいだは、寝《ね》ているにかぎる。明日《あす》になったら、どこにいく気か船《ふね》が教《おし》えてくれるだろう」

と、マルコがいったとき、ボースンの声《こえ》がしました。

「さてと。今夜《こんや》の散歩《さんぽ》はここまでだ。おカメさまに、お休みになっていただこう」

船倉《せんそう》に連《つ》れもどされるカメ将軍《しょうぐん》の後《うし》ろにくっつき、チコたちも、船底《せんてい》のカボチャ部屋《べや》にひきあげました。

# 第《だい》3章《しょう》 カメ将《しょう》軍《ぐん》の運《うん》命《めい》

## パンツの旗《はた》につるされて

ナザレの石垣《いしがき》で、妹《いもうと》のチカといっしょにねむっているつもりになっていたハリネズミ・チコでした。が、目がさめてみると、そこは石垣《いしがき》ではなく巨大《きょだい》カボチャの山でした。

船《ふな》べりをすべる波音《なみ》がきこえます。天井《てんじょう》の丸窓《まるまど》から、朝《あさ》の光《ひかり》がななめにさしこんでいます。

「おはよう、マルコ」

そばに寝《ね》ているはずの仲間《なかま》に、チコは声《こえ》をかけました。けれど、返事《へんじ》がありません。みじかい首《くび》を精《せい》いっぱいのばしてあたりをさがしましたが、昨夜《さくや》までいっしょだったマルコもヌーも、消《き》えています。

でも、夢《ゆめ》でない証拠《しょうこ》に、だいじなお客《きゃく》のカメ将軍《しょうぐん》は、船底《せんてい》の床《ゆか》に手足をひろげて、鼻《はな》づまりのいびきをかいています。

どうやらマルコとヌーは、朝《あさ》ごはんをさがしに、外《そと》に出ていったみたいです。チコも、ドアの下をくぐって外《そと》にはい出そうとしました。

そのときです。コックのゴッツァンの足音が、ちかづいてきたのは。

思《おも》わず背中《せなか》の針《はり》がつっ立ち、ドアにひっかかりました。あとずさりして尻《しり》もちをついたとたん、ドアが内《うち》がわに開《ひら》きました。

チコは、カボチャの山まではじきとばされました。

「もしもしカメよカメさんよ。どうしてそんなにえらいのか」

のん気そうにうたいながら、太《ふと》っちょコックは、トレイにもったごちそうを、カメ将軍《しょうぐん》にさしだします。

「はいはい。今朝《けさ》は、カボチャのミルク煮《に》に、ほうれん草のスープ。メインはアスパラガスの牛肉巻《ぎゅうにくま》きで、デザートは、イチゴジャムのムース。ブタは使《つか》っていませんから、ご安心《あんしん》を」

イチゴジャムときいて、チコののどがゴクリと鳴《な》りました。おなかがキリキリ痛《いた》みます。

そういえば、昨日《きのう》のお昼《ひる》にバルセロナの港《みなと》で、ウサギ肉《にく》とカタツムリ入りのパエリャを食《た》べたきり、ろくなものは口にしていません。

がまんできなくなって、チコは、コックのゴッツァンの後《うし》ろから、そっとちかづきました。

カメ将軍《しょうぐん》の前《まえ》にしゃがんでいる太《ふと》っちょコックの両足《りょうあし》のあいだから、イチゴジャムをトッピングしたピンクのムースが、チコにむかってわらいかけています。

ハリネズミというのは、もともと食《く》いしんぼう坊《ぼう》です。われをわすれて、チコはコックのお尻《しり》の下を、くぐりぬけました。ふわふわのムースに顔《かお》ごと突《つ》っ込《こ》み、あまいイチゴジャムを口いっぱいにほおばりました。

すばやく、お尻《しり》の下をあともどりします。

そのとき、コックがふいによろめき、ペタンと尻《しり》もちをつきました。あわてとびのきましたが、間《ま》に合《あ》いません。ぷりぷりのお尻《しり》にふみつけられて、意識《いしき》が遠《とお》くなりました。背中《せなか》の針《はり》が何本《なん》か、太《ふと》っちょのパンツにひっかかったままです。

太《ふと》っちょは、針《はり》がささったのも気づかず、チコをぶかぶかパンツにぶらさげたまま、口笛《くちぶえ》を吹《ふ》きながら調理場《ちょうりば》に帰《かえ》っていきます。

入れちがいで食堂《しょくどう》に向《む》かうコック長《ちょう》が、太《ふと》っちょに笑《わら》いかけました。

「おまえ、パンツからしっぽがはえてるぞ」

だれかにいたずらされたと、かんちがいしたのでしょう。

「ちえっ、またか！」

太《ふと》っちょコックは、舌打《したう》ちしました。

その声《こえ》で、意識《いしき》がもどったのは、チコでした。からだをゆすってみても、針《はり》が折《お》れまがっているらしく、かんたんには動《うご》けません。

太《ふと》っちょコックは、しっぽが何《なに》かを確《たし》かめもせず、ぶかぶかパンツをつるりとぬいで、うらがえしのまま洗《せん》たくかごにほうりこみ、壁《かべ》にかけてあった仕事着《しごとぎ》に着《き》がえました。

洗《せん》たくかごには、肉《にく》や野菜《やさい》やソースのにおいのしみこんだ衣類《いるい》がはいっています。はきすてたパンツやタオルやエプロンも、つめこまれています。外《そと》にぬけ出そうとあせるチコでしたが、うらがえしになったパンツにとじこめられて、首《くび》を出すこともできません。背中《せなか》の針《はり》がじゃまをして、寝《ね》がえりをうつこともできません。

こんなときには悪《わる》あがきをせずに、成行《なりゆ》きを見守《みまも》ったほうがいいと、チコは考《かんが》えました。そして、生《なま》あたたかい洗《せん》たく物《もの》をふとんがわりに、目を閉《と》じたのでした。

＊

どれくらい時間《じかん》がたったでしょう。調理場《ちょうりば》の朝《あさ》のさわぎがおさまったらしく、あたりはすっかり静《しず》かになりました。

とつぜん、洗《せん》たくかごが持《も》ちあげられて、チコは目をさましました。かごごと、どこかに運《はこ》ばれていくようです。

ドスンと、おろされました。水の流《なが》れる音がちかくに聞《き》こえます。洗剤《せんざい》のにおいが鼻《はな》をつきます。船《ふね》の中にある洗《せん》たく室《しつ》にきたのです。

「よお、ゴッツァン。またおもらしかい」

先にきていた男が、いいました。頭《あたま》のてっぺんからでるようなうら声《ごえ》です。

ゴッツァンと呼《よ》びかけたところから、かごを運《はこ》んできたのがあの太《ふと》っちょだと、チコにもわかりました。

「いや。パンツにしっぽをつけられて。いつもの、いやがらせさ」

ゴッツァンが、ぶつぶついいます。

「そりゃいい。ちょうど、パンツをさがしにきたところなのさ。マストにかざるのに、五、六枚《まい》いるんだ。よごれたのでも何《なん》でも」

「あ、そうか。明日《あす》の朝《あさ》には入港《にゅうこう》だからな。こんどは、コルシカ島《とう》だって？」

「そうよ。コルシカのアジャクシオだ」

うら声男《ごえおとこ》のこたえに、チコの耳がとがります。

「で、パンツの旗《はた》を、上げるってわけなの」

「そうとも。なにしろ、フライング・パンツ号《ごう》だからな。目立ちたがりなんだよ、うちの赤ひげは」

「ところで、昨日《きのう》から気になってるんだけど、ぼくがめんどう見てるあのカメ、どうするつもりだろう。すごい、値打《ねう》ちものだと聞《き》いたけど」

「アジャクシオの、博物館《はくぶつかん》に買《か》わせるって話《はなし》だよ。ナポレオンつながりで。でも、生かして売《う》るか殺《ころ》して売《う》るかで、もめてるらしいぜ」

「殺《ころ》して売《う》る？」

「ああ。殺《ころ》してハクセイにするほうが、売《う》りやすいとか。肉《にく》のほうは、赤ひげが食《た》べたいんだって。長生《ながい》きの薬《くすり》になるそうで」

「ほんとに、殺《ころ》すの？」

「かもな。ワシントン条約《じょうやく》っていう、やっかいな法律《ほうりつ》があるんだよ。絶滅《ぜつめつ》しそうな動物《どうぶつ》は、売《う》り買《か》いしてはいけないっていう。あのおカメさまは、ホウシャガメっていう世界一《せかいいち》きれいな陸《りく》ガメで、もう絶滅寸前《ぜつめつすんぜん》なんだ。でもって、生きたのを取引《とりひき》するのは、かなりむずかしいってところさ」

「ぜんぜん、きれいじゃなかったよ、あれ」

「だからさ、赤土をぬりたくって、カボチャの山にまぎれこませたんじゃないか、ばれないように」

「でも、殺《ころ》してもいいのかなあ。あんな、長生《ながい》きのカメを」

太《ふと》っちょコックは、ため息《いき》まじりにつぶやきました。洗《せん》たくかごの中で聞《き》いていたチコも、おなじ気持《きも》ちになりました。

けれども、太《ふと》っちょのパンツの中に閉《と》じこめられたままでは、どうすることもできません。

## マストの上の先客《せんきゃく》

六枚《まい》のパンツといっしょに、チコは別《べつ》のかごに移《うつ》され、外《そと》に運《はこ》びだされました。このまま、フライング・パンツ号《ごう》のマストにつるされるみたいです。

海《うみ》のにおいが、つよくなります。

うら声男《ごえおとこ》は、洗《せん》たくばさみで、パンツをつぎつぎロープにくっつけ、マストの上まで滑車《かっしゃ》でひっぱりあげました。チコがつるされたのは、三本あるマストのうち、いちばん前《まえ》のフォアマストのてっぺんです。

風《かぜ》が吹《ふ》きぬけ、チコのパンツをふくらませます。風《かぜ》にあおられているうちに、運《うん》よく背中《せなか》の針《はり》がぬけてくれました。やっと自由《じゆう》になったチコは、パンツのすそから首《くび》を出して、あたりのようすをうかがいました。

すぐ下でも、色《いろ》とりどりのパンツが、風《かぜ》にパタパタなびいています。マストにならんだ白い帆《ほ》が、風《かぜ》にうなりをあげています。

おそろしい高《たか》さです。ブルブルからだがふるえ、思《おも》わずもれたおしっこが、パンツをしめらしました。ちょっと気持《きも》ちが、すっきりしました。

デッキをあるく船員《せんいん》のすがたが、豆《まめ》つぶほどに小さく見えます。これでは、マルコやヌーをさがすどころではありません。うっかりしていると、アフリカまで風《かぜ》に飛《と》ばされてしまいそう。

前方《ぜんぽう》の水平線《すいへいせん》に目をやると、白いお城《しろ》のような船《ふね》がうかんでいます。

「あ、あれ。スターライト号《ごう》だ。きれいだな。すごいすごい！」

マストのてっぺんにいるのもわすれて、チコはさけびました。すると、

「いやいや。こっちの船《ふね》のほうが、ずっといいよ」

すぐ耳もとで、そんな声《こえ》がしたではありませんか。

「だれかいるの、そこ？」

チコがこわごわたずねると、マストの反対側《はんたいがわ》からとがったくちばしがのぞき、黒《くろ》っぽい顔《かお》があらわれました。頭《あたま》には、赤い帽子《ぼうし》がのっかっているみたいです。

「あたしだよ。キツツキのペッカーってもんだけど、そういうあんたは、だれなのさ」

するどい目でにらまれて、チコはおずおず、

「あ、ハリネズミ・チコといいます。ポルトガルのナザレから、船《ふね》に乗《の》ってきました。友だちのマルコといっしょです」

と、自己紹介《じこしょうかい》をしました。

＊

「そりゃいいけど、木にのぼるハリネズミってめずらしいわね。どうして、パンツなんかにぶらさがっているのかしら」

きゅうに聞《き》かれても、なんと答《こた》えていいかわかりません。

「今《いま》さっき、あっちの船《ふね》よりこっちの船《ふね》がいいっていってたけど、どういうことですか？」

チコは、ぎゃくに聞《き》きかえしました。

「あ、そのこと。あっちの船《ふね》は、マストがにがくておいしくないのよ、アルミでできているからね。その点《てん》、こっちのは年代物《ねんだいもの》のスギの木だから、つつきがいがあるっていうの」

「じゃ、あの五本マストの船《ふね》から、こっちに移《うつ》ってきたってわけ？」

「べつに、たいした距離《きょり》じゃないからね」

「空を飛《と》んで？」

「もちろん、空を飛《と》んで」

「うらやましいな、飛《と》べるなんて」

「どうして、飛《と》びたいの？」

「だって、すきなところにいけるし」

「すきなところって、どこにいきたいの？」

「とりあえずは、下におりたい」

チコはついつい、本音をはきました。

「下なんて、わけないじゃないの」

「なら、連《つ》れてってくれますか。重《おも》いかもしれないけど」

「うちのいとこのアオゲラを、知《し》らないの。あの子なんか、イタチの子どもを背中《せなか》にのせて空を飛《と》んで、すごく有名《ゆうめい》になったのよ。ハリネズミくらい軽《かる》いもんさ」

「ほんとに、デッキまでおろしてくれる？」

「おろしてあげてもいいけど、見かえりは？」

「見かえり？」

「だから、お礼《れい》に何《なに》をしてくれる？」

やはり、知《し》らないひとにものを頼《たの》むには、おかえしがいるのです。チコは、しばらく考《かんが》えてからいいました。

「カボチャの山に、連《つ》れてってあげる」

「カボチャはすきじゃない。つつきごたえがないからね」

「だったら、カメのこうらは？」

「まだ、つついたことはないけど、かたいこうらのカメならね」

「世界一高い《せかいいちたか》カメなんだよ、二百歳《さい》の。そのカメに会《あ》わせてあげる」

「高《たか》いって、値段《ねだん》が？」

「そう。プールつきの別荘《べっそう》が二つも、三つも買《か》えるくらい」

「まさか！」

「ほんとだよ。この船《ふね》にかくしてあるの。自分《じぶん》たちで」

「自分《じぶん》たちって？」

「うん。ぼくと旅《たび》ネズミのマルコと、それから、ヌートリアのヌーさんで。ヌーさんはビチコマなの」

つい自分《じぶん》たちでといってしまったけど、チコは、カメのナポレオンを思《おも》いだしました。そういえばあのカメ、ぼやぼやしていたらハクセイにされてしまうかも知《し》れません。

「ま、どうせひまだから、カメのこうらをつついてみるのもいいかも。じゃ、わたしの背中《せなか》につかまって。落《お》ちないようにね」

キツツキのペッカーはそういうと、つばさを二、三回打《う》ちふっただけで、チコをメインデッキにおろしてくれました。

デッキの上では、赤ひげ船長《せんちょう》が舵輪《だりん》を両手《りょうて》でつかみ、口にほおばったヒマワリの種《たね》をペッペと吐《は》きちらしながら、まわりの部下《ぶか》をどなりつけていました。

五本マストにいっぱいのセイルをひろげて、ゆうゆうと先をゆくスターライト号《ごう》が、赤ひげ船長《せんちょう》はお気にめさないようすです。

「おい、あのなまいきなやつを追《お》いぬけ。前《まえ》に出て、風《かぜ》をぜんぶうばい取《と》れ。こっちの尻《しり》を、かがしてやるんだ」

赤ひげ船長《せんちょう》にどなりまくられて、船員《せんいん》たちがけんめいにセイルのロープを引《ひ》っ張《ぱ》っています。それでも足りず、赤ひげは船《ふね》のエンジンも全開《ぜんかい》にしました。

スターライト号《ごう》との距離《きょり》が、しだいにせばまりました。しばらくは、並《なら》んで走《はし》ります。スターライト号《ごう》の連中《れんちゅう》が、にこやかに帽子《ぼうし》をふって、こちらの船《ふね》を歓迎《かんげい》しています。

「ふん。見かけだおしなやつめ!」

フライング・パンツ号《ごう》は、色《いろ》とりどりのパンツをはためかせながら、五本マストと競走《きょうそう》します。

## ハクセイはいやじゃ

そのあいだにチコは、キツツキのペッカーを船倉《せんそう》に案内《あんない》しました。船倉《せんそう》では、マルコとヌーが、いなくなったチコのことをカメ将軍《しょうぐん》にたずねているところでした。カメ将軍《しょうぐん》は、首《くび》をひっこめて知《し》らんぷりです。

「いったい、どこをうろついていたんだ。心配《しんぱい》するじゃないか」

ドアの下からすべりこんできたチコをみつけて、マルコが、口をとがらせました。

それには答《こた》えずチコは、後《うし》ろに連《つ》れてきたキツツキのペッカーのことを、マルコたちに紹介《しょうかい》しました。ただし、マストの上まで、パンツといっしょにつるされたことは、だまっていましたが。

キツツキのペッカーは、あいさつもそこそこに、カメ将軍《しょうぐん》のほうに進《すす》みよりました。

「たしかに、古《ふる》いカメみたいね。こうらが、どれくらいかたくなっているか、ためしにつついてみてもいいかしら？」

カメ将軍《しょうぐん》が、ひっこめていた首《くび》を、ぬーっとのばして、ペッカーをにらみつけました。

あわててマルコが、あいだにはいりました。

「とんでもない。ナポレオン将軍《しょうぐん》のこうらをつつくなんて！　いちばん大事《だいじ》なところなんだぞ！」

そうそう。その大事《だいじ》なこうらのために、カメ将軍《しょうぐん》はハクセイにされそうな運命《うんめい》なのです。

チコは、洗《せん》たく室《しつ》で聞《き》いた太《ふと》っちょコックとうら声男《ごえおとこ》の会話《かいわ》を、マルコたちに報告《ほうこく》しました。

「へたすると、今夜《こんや》のうちにでも殺《ころ》されるってことか、こちらのお方《かた》が」

マルコが、そばのカメを指《ゆび》さしました。

郵便はがき

おそれいりますが切手をおはりください。

103-0001

〈受取人〉

東京都中央区日本橋小伝馬町9-10

株式会社　理論社

読者カード係　行

お名前（フリガナ）

ご住所　〒　　　　TEL

e-mail

ご愛読ありがとうございます

# 読者カード

●ご意見、ご感想、イラスト等、ご自由にお書きください。

●お読みいただいた本のタイトル

●この本をどこでお知りになりましたか？

●この本をどこの書店でお買い求めになりましたか？

●この本をお買い求めになった理由を教えて下さい

●年齢　　歳　　●性別　男・女

●ご職業　1. 学生（大・高・中・小・その他）　2. 会社員　3. 公務員　4. 教員
5. 会社経営　6. 自営業　7. 主婦　8. その他（　　　）

●ご感想を広告等、書籍のＰＲに使わせていただいてもよろしいでしょうか？
（実名で可・匿名で可・不可）

ご協力ありがとうございました。今後の参考にさせていただきます。

ご記入いただいた個人情報は、お問い合わせへのご返事、新刊のご案内送付等以外の目的には使用いたしません。

「そのほうが、売《う》りやすいんだって」

「だろうな。年寄《としよ》りカメの肉《にく》なんて、だれもほしがらないだろうから。こうらさえあればいいんだよ、売《う》るときには」

ヌーが、投《な》げやりな態度《たいど》で意見《いけん》をのべます。

「いや。肉《にく》も長生《ながい》きの薬《くすり》になるから、船長《せんちょう》が食《た》べたいんだって」

チコが、つけたします。

＊

「何《なん》の話《はなし》をしてるのだ、おまえたち？」

自分《じぶん》に関係《かんけい》ありそうだと思《おも》ったのでしょう。カメ将軍《しょうぐん》が、首《くび》をつっこんできました。

「だから、おまえさんのことを心配《しんぱい》してやってんじゃないか。ハクセイってのを、食《く》らわされそうだから」

ヌーが、鼻《はな》づらをつき出します。

「失礼《しつれい》な！　ハクセイがなんだ。ハクセイでもラッカセイでも、余《よ》の自慢《じまん》のあごで、かみくだいてやる」

ヌーのいい方《かた》に、カメ将軍《しょうぐん》はそうとう傷《きず》ついたみたいです。

「ハクセイって、食《た》べ物《もの》じゃないんですけど」

チコが、おそるおそる注意《ちゅうい》しました。

「じゃ、何《なに》なんだ」

「ハクセイというのは、殺《ころ》されておなかをえぐられて、干物《ひもの》にされて飾《かざ》り物《もの》にされちゃうことらしいよ。死《し》んでもいいのかね」

またヌーが、しつれいな口をききます。

「いや、死《し》ぬのはいやだ。あと百年は生きたい」

カメ将軍《しょうぐん》は、はじめて本音をはきました。

「だったら、すこしでもはやく、ここを逃《に》げだすことを考《かんが》えなくっちゃ」

マルコが、本気でいいます。

「逃《に》げだすだと、この余《よ》が。どこへ、どうやってだ」

「海《うみ》にとびこんで、泳《およ》いで逃《に》げれば」

それまでだまっていたペッカーがいうと、カメ将軍《しょうぐん》ははげしく首《くび》をふりました。

「それはだめだ。余《よ》は、水泳《すいえい》などきらいなのだ」

「あれ？　カメのくせに、泳《およ》げないの？」

「海《うみ》のカメは泳《およ》ぐけど、陸《りく》ガメはそんなことはしないのだ」

「じゃ、空を飛《と》んでいったら」

「ふざけるな。その細《ほそ》い首《くび》を、打《う》ち首《くび》にされたいのか！」

カメ将軍《しょうぐん》は、顔《かお》をどす赤くしておこりだしました。

「だったらさ、こうらのサインをけずりとるってのはどうなのさ。わざわいのもとは、そのサインらしいから」

ヌーが提案《ていあん》すると、将軍《しょうぐん》はそくざに否定《ひてい》しました。

「ゆるさん！ 余《よ》は、この背《せ》中《なか》のサインが二百年の生きがいなのだ」

「ちょっとだけ変《か》えるってのは。そこのN《エヌ》の字をM《エム》にするとか。それなら、わたしの自《じ》慢《まん》のくちばしで、かんたんにやれるわよ」

ペッカーが、将軍《しょうぐん》の背中《せなか》をのぞきこみました。

「そりゃいい。M《エム》とP《ピー》なら、マルコ・ポーロのサインになるもんね」

マルコが、追《お》いうちをかけます。

「だめだめ。マルコ・ポーロなんか知《し》らん。ナポレオンのままがいい」

「じゃ、やっぱりハクセイにされる運命《うんめい》なんだ」

ヌーが、つめたくいいはなちます。

「いやじゃ。ハクセイなんかいやじゃ。二百年も生きたのに、そんなもので死《し》にたくはない」

そういうとカメ将軍《しょうぐん》は、鼻水《はなみず》をすすって泣《な》きだしました。なみだのつぶが、ポタポタ床《ゆか》をぬらします。

そのなみだを見て、チコはぎゅっと胸《むね》がしめつけられました。二百歳《さい》のおとなでも、泣《な》くことがあるんだ。

そう思《おも》うと、カメ将軍《しょうぐん》のことが気のどくでたまらなくなりました。なんとかして、たすけてあげられないものかしら。

力のないものは、知恵《ちえ》を使《つか》ってたたかうのだと、まえに旅《たび》ネズミのマルコはいいました。しかし、いくら考《かん》えても、ない知恵《ちえ》は出てきません。小さな脳《のう》みそが爆発《ばくはつ》するほど考《かん》えましたが、いい知恵《ちえ》は生まれません。

「きみたち、カボチャといっしょにきたんだろう。はいったところから出ていくのが、いちばん確《たし》かなやりかたじゃないのかな」

いいたい放題《ほうだい》のヌーですが、やはりカメ将軍《しょうぐん》がハクセイになるのは、うれしくないみたいです。

「そんなことといっても、クレーンで運《はこ》びこまれてきたんだよ、カメ将軍《しょうぐん》は。わしらの力じゃ、港《みなと》におろすのはどだい無理《むり》な話《はなし》だよ、な」

マルコが、チコに同意《どうい》をもとめました。

そういえばマルコは、こうもいっていました。ニンゲンには二種類《しゅるい》あるって。動物《どうぶつ》にやさしいニンゲンと、動物《どうぶつ》にやさしくないニンゲンと。

「ねえ、マルコ。港《みなと》につけば、動物《どうぶつ》にやさしいニンゲンもいるんじゃない。カメ将軍《しょうぐん》をかばってくれそうな」

「そりゃいるだろうけど。でも、そのまえにカメ将軍《しょうぐん》は、ハクセイになっているかも」

「だったら、港《みなと》につくまで将軍《しょうぐん》を、船《ふね》のどこかにかくしておくってのは」

「それが大問題《だいもんだい》だ。なにしろカメ将軍《しょうぐん》は、巨大《きょだい》カボチャとおなじだからな。ここから動《うご》かすのがたいへんなんだ」

「まてまて、こういったむずかしい問題《もんだい》をとくときには、順番《じゅんばん》にひとつずつ考《かんが》えていくのがいい。第《だい》一の問題《もんだい》は」

「そうだね。まずカメ将軍《しょうぐん》を、このへやから出すこと」

と、ヌーにこたえて、マルコがいいます。

「うむ。そのチャンスは、あの太《ふと》っちょコックがドアを開《あ》けてはいってくるときしかない」と、ヌー。

「太《ふと》っちょコックが、どうするって？」

ペッカーが、たずねます。

「カメ将軍《しょうぐん》に、食事《しょくじ》を運《はこ》んでくるんだよ、夕方《ゆうがた》には。トレイにいっぱいごちそうをのっけて」

マルコの返事《へんじ》に、ペッカーがうなずきます。

「なるほど。そのとき、このへやのドアが開《ひら》くわけね」

「けど、こちらのカメさんのからだじゃあね。廊下《ろうか》までだって、容易《ようい》じゃないよ」

「それに、ドアを開《あ》けっぱなしにしておかなければ、動《うご》かせないでしょ」

「しかも、太《ふと》っちょコックが気づかないうちに」

みんなの話《はなし》を聞《き》きながら、チコは、ナザレの市場《いちば》でロバをやっつけたときのことを、思《おも》いだしていました。あのときには、カラスのモノイイとふたりして、ロバのお尻《しり》とあと足を、いやというほどつついたのでした。

あの手を使《つか》えば、うまくいくかも知《し》れません。いそいで、その話《はなし》をもちだしてみました。

「さすがはチコだ。力はないけど知恵《ちえ》がある」

チコの作戦《さくせん》を聞《き》くと、マルコが大げさにほめました。

「うまくこのへやをぬけ出せたら、船尾《せんび》に荷物運搬用《にもつうんぱんよう》のリフトがあるから、あれに乗《の》せよう。さっき、船内《せんない》を探検《たんけん》しといてよかったよな、マルコ」

ヌーが、マルコにウィンクしました。ふたりは、チコがマストにつるされているあいだ、船内《せんない》を調《しら》べ歩《ある》いていたようです。

## 消《き》えたカメ将軍《しょうぐん》

夕方《ゆうがた》がちかづいてきました。天井《てんじょう》の丸窓《まるまど》から、オレンジ色《いろ》の光《ひかり》がさしこんでいます。

太《ふと》っちょコックがやってくる気配《けはい》は、まだありません。待《ま》ってる時間《じかん》は、長《なが》いものです。

みんな、しだいに言葉《ことば》すくなになりました。

チコの不安《ふあん》をかきたてるように、波音《なみおと》がザワザワさわいでいます。

キツツキのペッカーは、時間《じかん》つぶしに、巨大《きょだい》カボチャをつつきました。

「このカボチャ、へんな味《あじ》がする。鉄《てつ》をなめたようなにがい味《あじ》だ」

ペッカーは、ペッぺと舌《した》を出しました。

「まてまて。こういうときこそ、魔法《まほう》の杖《つえ》だ」

ヌートリアのヌーが、スーツケースから自慢《じまん》の金属探知機《きんぞくたんちき》を取《と》り出《だ》して、

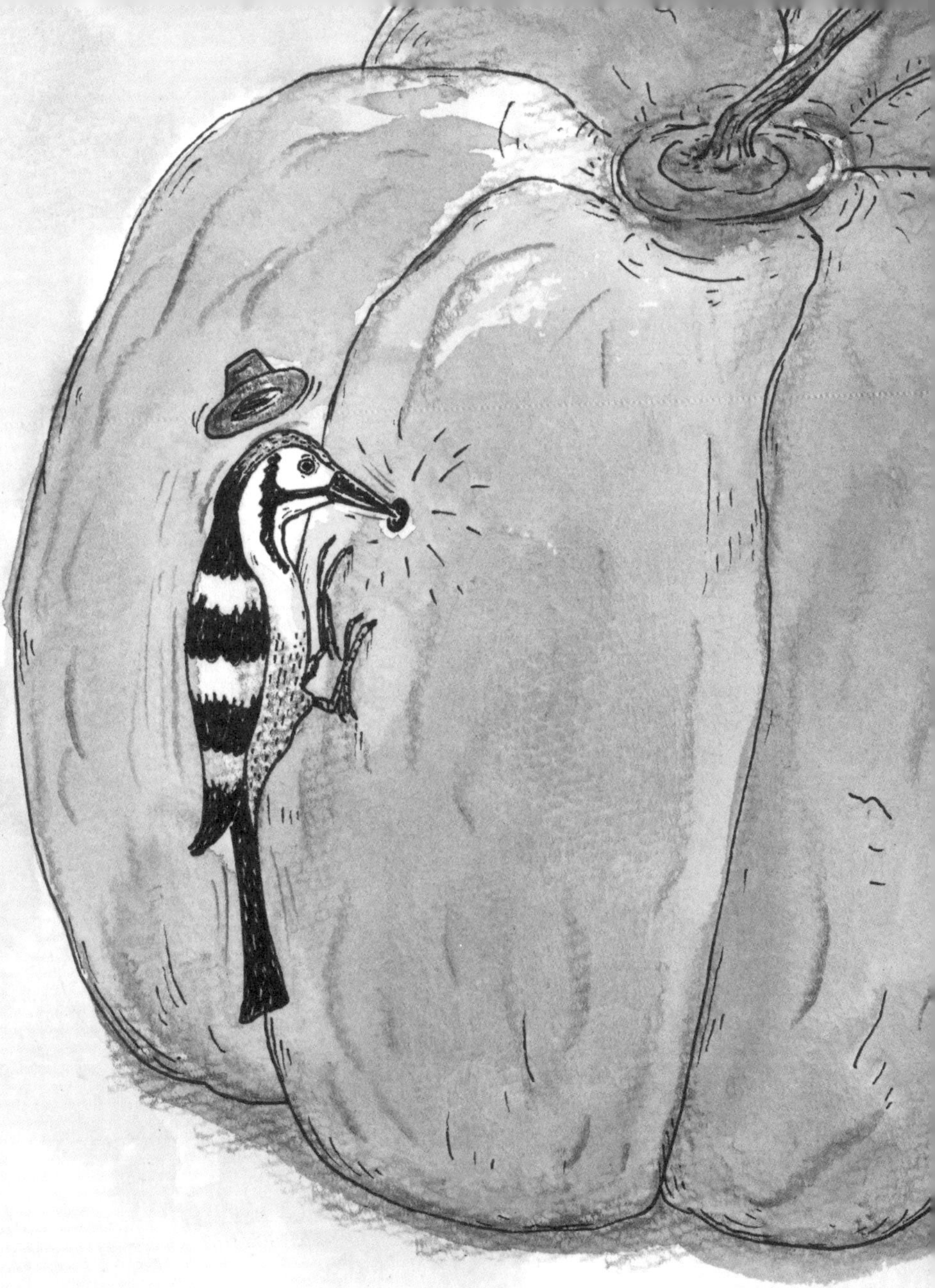

カボチャのそばに持《も》っていきました。たちまち、ビビッ、ビビッと耳ざわりな音。

「やっぱり、中に何《なに》かかくしている。金属性《きんぞくせい》のものだ。武器《ぶき》かもしれない」

「ピストルか何《なに》かかしら？」

「そうかも。きっと悪《わる》い船《ふね》なんだ。アフリカあたりで、武器《ぶき》をこっそり売《う》りとばそうって、たくらんでいるんじゃないか」

ヌーがいうと、ペッカーがくちばしをたたきます。

「もっと西《にし》のトルコのちかくでも、はげしい戦《たたか》いがつづいているしね」

「ニンゲンって、どうして戦争《せんそう》がすきなんだろうね。ネコでもイヌでもネズミでも、みんなめいわくしているのに」

マルコが、ためいきをつきました。

「食《た》べ物《もの》だって武器《ぶき》だって、たちまちたりなくなるのよ、戦争《せんそう》となると」

ペッカーがいうのに、チコがこたえました。

「だから、こんなあやしい船《ふね》がのさばるんだね、パンツの旗《はた》なんかひけらかして」

「とにかく、ゆだんできない船《ふね》だわね。あたしらも見つかったら、何《なに》をされるかわからないわよ、キツツキのハクセイとか」

「それより、カメ将軍《しょうぐん》だよ。ぜったい逃《に》がしてあげなくっちゃ。ぼくたちみんなの力で」

チコがそういったとき、マルコが舌《した》を鳴《な》らしました。

「ちっち、だれかくるぞ。あいつだ。太《ふと》っちょコックが、カメ将軍《しょうぐん》の夕食《ゆうしょく》を運《はこ》んでくる」

チコは、耳をとがらせました。ほかの仲間《なかま》も息《いき》をこらして、じっとドアのあたりを見つめています。

口笛《くちぶえ》といっしょに、足音がちかづいてきました。けだるそうな、コックのゴッツァンの足音です。

ドアが、内側《うちがわ》に開《ひら》きました。

太《ふと》い足が右、左とはいってきました。

その瞬間《しゅんかん》をねらって、ヌーがドスンと体当《たいあ》たり。よろめいたところで、チコが右足を、ペッカーが左足を、グサリとさしました。

「うぎゃっ！」

さけび声《ごえ》をあげて、ゴッツァンが前《まえ》につんのめりました。両手《りょうて》にささげ持《も》っていたトレイが、音をたてて床《ゆか》に落《お》ちました。

ごちそうが、とびちります。仕上《しあ》げにマルコが、こぼれた料理《りょうり》をけちらかしました。

「あち、あち！　また、へまをやっちゃった」

太《ふと》っちょコックが、あわれな悲鳴《ひめい》をあげたときには、チコと仲間《なかま》は、すばやくカボチャの後《うし》ろにかくれていました。

コックのゴッツァンは、からのトレイをぶらさげて、調理場《ちょうりば》へ引《ひ》きかえしていきます。何《なに》がおきたのか、わからないようすです。歌《うた》も口笛《くちぶえ》もなしで、ドアは開《あ》けっぱなしです。

「今《いま》だ！」

ヌーが、カメ将軍《しょうぐん》の背中《せなか》をトントンたたきました。

カメ将軍《しょうぐん》が両足《りょうあし》をつっぱり、立ち上がりました。

みんなで重《おも》い背中《せなか》を押《お》して、廊下《ろうか》に出ます。

夕食《ゆうしょく》の時間《じかん》とあって、あたりに人の気配《けはい》はありません。

「いそげ！　リフトだ！」

ヌーが、金属探知機《きんぞくたんちき》をふりまわします。

カメ将軍《しょうぐん》をせかしながら、暗《くら》い通路《つうろ》をまっすぐ船尾《せんび》にいそぎます。

ようやく、荷物運《にもつはこ》びのリフトの前《まえ》にきました。

ペッカーが、長《なが》い足でジャンプして、くちばしでリフトのボタンを押《お》しました。

おりてきたリフトに、いっせいにすべりこみます。

「気のどくに。今《いま》ごろ太《ふと》っちょは、コック長《ちょう》にどなられながら、料理《りょうり》をつくりなおしているだろうな。食《た》べるお客《きゃく》のいない料理《りょうり》を」

ヌーがそういって、のどのおくでわらいました。

チコたちもつられて、クスクスわらいだしました。

＊

カメ将軍《しょうぐん》を先頭《せんとう》に、ヌーとマルコとペッカーとチコは、リフトから外《そと》に出ました。

最上階《さいじょうかい》のデッキを、夕日がぎらぎら照《て》らしています。マストや手すりやタンクのかげが長《なが》くのびて、かくれんぼするにはもってこいです。

「さて、どこに消《き》えようか」

ヌーが、のびあがっていいました。

「あのロープの中は？　ぐるぐる巻《ま》きにしてある」

チコが指《ゆび》さしたのは、船尾《せんび》に積《つ》み上《あ》げられた太《ふと》いロープです。昨日《きのう》の晩《ばん》もあそこにひそんで、カメ将軍《しょうぐん》の散歩《さんぽ》のようすをぬすみ見したのでした。

「いいんじゃない。もやい綱《づな》だから、港《みなと》にはいるまではだれも手をつけないはずだ」

マルコがすぐに、賛成《さんせい》しました。

まず、みんなで力を合《あ》わせて、カメ将軍《しょうぐん》を中に押《お》しこみます。するとそれだけで、ロープの中はいっぱいになりました。

「このお方《かた》さえだいじょうぶなら、おれたちはどこにでもかくれられる。いっしょだと見つかりやすいから、べつべつになろう」

ヌーがさしずします。

「そうそう。カメ将軍《しょうぐん》がいないとわかれば、すぐにも大さわぎになるはずだ。まずは船底《せんてい》からだろうが、見つからなければ、下から上まで、シラミつぶしでさがしまわるにきまっている。なにしろ、たいへんなお宝《たから》だからね」

マルコがいっているうちに、はやくもデッキに船員《せんいん》たちが上がってきました。かわいそうに太《ふと》っちょコックは、ひょろひょろボースンに、むちでビシビシやられています。

「わたしは、マストにあがって、見物《けんぶつ》させてもらうよ。よかったら、チコもいっしょにおいで」

ペッカーにさそわれて、チコはまたキツツキの背中《せなか》に乗《の》り、マストの上に陣取《じんど》りました。

「なら、おれたちは、こっちのほうに」

マルコとヌーはそういって、船首《せんしゅ》ネットにすっぽりからだをしずめます。

デッキでは、船員《せんいん》たちが必死《ひっし》の捜索《そうさく》をつづけていました。

「下にも上にもいないとなると、いったいどこに消《き》えたんだ。おまえが、かくしたんじゃないのか」

ひょろひょろ男が、床《ゆか》をむちでたたきながらいいます。

「それとも、だれかにしゃべったか、お宝《たから》のカメだと」

「とんでもない。もう、みんな知《し》ってましたよ。ハクセイにするとかしないとか、もめてるって」

太《ふと》っちょは、お尻《しり》を両手《りょうて》でおさえながらこたえます。

「じゃ、船員《せんいん》のどいつかが、自分《じぶん》のへやにかくしてるってこともあるな。あとでこっそり売《う》るつもりで」

「あんな重《おも》たいカメ、だれが持《も》っていくでしょうか」

「だったら、あんな重《おも》たいカメが、ひとりで歩《ある》きまわってるとでも思《おも》っているのか、おまえは」

ひょろひょろ男と太《ふと》っちょが押《お》し問答《もんどう》をしているところへ、赤ひげ船長《せんちょう》がやってきました。

「まだ、見つからないのか。コルシカ島《とう》につくまでにさがしださなかったら、だれひとり上陸《じょうりく》させないからな」

「これじゃ、ハクセイをつくるひまもないですね、船長《せんちょう》」

ひょろひょろが、もみ手をします。

「いったい、どいつの責任《せきにん》だ、こうなったのは」

赤ひげが、ひょろひょろの耳をひっぱります。

「こいつです。こいつが、ドアを開《あ》けっぱなしにしたのが、いけなかったのです」

あわててひょろひょろは、太《ふと》っちょを前《まえ》に押《お》しだします。

「もしも、カメが出てこなかったら、おまえをハクセイにしてやるからな。いいか、死《し》ぬ気でさがすんだ」

「ぼくなんかハクセイにしても、売《う》れやしませんよ」

太《ふと》っちょが、うっかり口ごたえをしました。

「売《う》れなくってもいい。かちんこちんにして、船首《せんしゅ》にかざってやる」

赤ひげは、腹立《はらだ》ちまぎれに、太《ふと》っちょのお尻《しり》をけとばしました。

## コルシカ島入港《とうにゅうこう》

夜《よる》もおそくなりました。生《なま》あたたかい、おだやかな夜《よる》です。

チコはペッカーと、マストの上で夜明《よあ》かしです。

夕食《ゆうしょく》ぬきのカメさがしは、さすがにとぐろのロープの中までは、目がとどきません。ついにデッキをあきらめて、捜索《そうさく》は船員《せんいん》たちのへやに移《うつ》ったもようです。
マルコとヌーも、船底《せんてい》のへやにもどったみたい。かんじんのおカメさまも、ロープのかくれ家《が》で、お休みになっていることでしょう。
「夜《よる》に、こんなに高《たか》いところにいるのって、生まれてはじめてだ」

チコが、となりのペッカーの耳もとで、ささやきます。

「ああ。気持《きも》ちいいね。風《かぜ》も波《なみ》もおだやかで」

「空がスミレ色《いろ》だね。星《ほし》がいっぱい」

欠《か》けはじめた月のよこに、星《ほし》が明《あか》るくかがやいています。

「このようすだと、明日《あす》もいいお天気だ」と、ペッカー。

「どうして、わかるの？」と、チコ。

「旅《たび》するものは、天気予報《よほう》ができないとね。月のちかくで星《ほし》がひかっているときは、空気が澄《す》んでいる証拠《しょうこ》、つまり雨を降《ふ》らす雲《くも》が出ていないってことなんだ」

やっぱり、いっぱい旅《たび》するひとは、いっぱい利口《りこう》になるんだ。チコは、感《かん》心《しん》して聞《き》き入《い》ります。

「これから、どっちに旅《たび》するの？」

「気がむけば、ヨーロッパの北《きた》までいってみるかな。フランスやイギリスの街《まち》なんかも」

「ぼくは、コルチュラ島《とう》にいくつもり。マルコといっしょにね」

風《かぜ》がよわいのでセイルは下ろされ、フライング・パンツ号《ごう》は機走《きそう》で、コルシカ島《とう》をめざしています。

あまり遠《とお》くないところを、スターライト号《ごう》がやはりエンジンだけで、並走《へいそう》しています。むこうの船《ふね》は、明《あ》かりがいっぱいついていて、とてもにぎやかそうです。カメさがしのこちらの船《ふね》とは、大ちがいです。

「もうすぐ、アジャクシオの街《まち》の灯《ひ》が見えてくるよ。これだけ空気がきれいだと。かのナポレオンは、コルシカ島《とう》がちかづくと、目をつぶっていてもわかるといっていたそうだ」

「目をつぶっても？」

「そう。においでわかるんだ、コルシカ島《とう》は。草や木の、とてもいいにおいが流《なが》れてくるって」

ペッカーが、首《くび》をのばしていいます。

「あ。アジャクシオに行《い》ったこと、あるの？」

チコがききます。

「なんども。いろんな船《ふね》を乗《の》りついで、地中海《ちちゅうかい》を往復《おうふく》したからね」

「そこ、ナポレオンが生まれたところだって？」

「そう。街中《まちじゅう》ナポレオンだらけ。ナポレオンの生家《せいか》やら記念館《きねんかん》やら、ナポレオン大通《おおどお》りやらナポレオンが腰《こし》かけた岩《いわ》やら。港《みなと》ちかくのフォッシュ広場《ひろば》には、四頭《とう》のライオンに守《まも》られたりっぱな銅像《どうぞう》まで立っている」

「ふーん、そうなんだ。ぼく、バルセロナでコロンブスの銅像《どうぞう》を見たけど。ニンゲンって、銅像《どうぞう》を立てたがるんだね」

「そうらしいね。どの街《まち》にも、かならずだれかの銅像《どうぞう》があるから」

ニンゲンってのは、奇妙《きみょう》な生きものだと、チコは思《おも》います。偉《えら》くなると、自分《じぶん》より何《なに》ばいも大きい銅像《どうぞう》をつくるのです。

＊

ペッカーのつばさの下でうとうとしかけたら、もう夜《よる》が明《あ》けかけていました。ローズマリーやミントやパセリなど、すてきな植物《しょくぶつ》のにおいが、チコの眠《ねむ》りをさまします。

チコの背中《せなか》の針《はり》に、水玉が乗《の》っています。

「よしよし。朝《あさ》つゆは晴天《せいてん》のしるしだよ」

ペッカーが舌《した》をのばして、チコの針《はり》についた水をなめとりました。

アジャクシオの港《みなと》の建物《たてもの》には、まだ電《でん》気《き》がともっていますが、東《ひがし》の雲《くも》は、バラ色《いろ》にそまりはじめています。

フライング・パンツ号《ごう》が、入港《にゅうこう》の合図《あいず》の汽笛《きてき》を鳴《な》らしました。それに合《あ》わせるように、スターライト号《ごう》の汽笛《きてき》が、街《まち》にこだまします。

港《みなと》の中からタグボートがあらわれ、フライング・パンツ号《ごう》に向《む》かってきました。水先案内人《みずさきあんないにん》と調査官《ちょうさかん》が、乗《の》りこんでくるのです。

係《かか》りのふたりを乗船《じょうせん》させると、フライング・パンツ号《ごう》は、防波堤《ぼうはてい》をまわりこみ、ゆっくりと桟橋《さんばし》にちかづきました。

船《ふね》の前《まえ》と後《うし》ろで、もやい綱《づな》が準備《じゅんび》されます。太《ふと》いロープの先に細《ほそ》ひもをしばり、その細《ほそ》ひもにつけた重《おも》りを、くるくる回《まわ》して岸《きし》に投《な》げつけます。

岸《きし》で待《ま》ち受《う》けた係《かか》りの男が、細《ほそ》ひもをたぐり寄《よ》せて太《ふと》いロープをつかみ、桟橋《さんばし》の杭《くい》に巻《ま》きつけました。

カメ将軍《しょうぐん》をかくまっているトグロ巻《ま》きの太《ふと》いロープが、するするとほどけていきます。カメ将軍《しょうぐん》のコウラが、あらわれました。

カメの首《くび》があらわれ、カメの全身《ぜんしん》がさらけ出されるのを、マストの上のチコは、心臓《しんぞう》をドキドキさせながら見守《みまも》りました。

ところが、ロープのうず巻《ま》きは、カメの背中《せなか》が出たところで、ぴたりととまりました。岸《きし》にわたしたもやい綱《づな》が、そこまでで足りたのです。

カメ将軍《しょうぐん》は、うごきません。のん気に、ねむっているようすです。

はやく、はやく。だれか、やさしいニンゲンが見つけてくれるのを、祈《いの》るばかりです。

この船《ふね》の連中《れんちゅう》に先をこされたら、せっかくの作戦《さくせん》が水のあわです。けれども、入港《にゅうこう》の準備《じゅんび》に夢中《むちゅう》で、だれひとりカメ将軍《しょうぐん》に気づくようすはありません。

タグボートで乗《の》りつけた水先案内人《みずさきあんないにん》は、船尾《せんび》の舵輪《だりん》の横《よこ》で、赤ひげ船長《せんちょう》を指図《さしず》しながら、船《ふね》を無事《ぶじ》に桟橋《さんばし》につけるのにけんめいです。

いっしょにきたコルシカの調査官《ちょうさかん》は、コックのゴッツァンがさしだしたコーヒーをすすりながら、手元《てもと》の書類《しょるい》をのぞきこんでいます。

そこへ、ひょろひょろボースンがやってきて、右手をさしだしました。調《ちょう》査官《さかん》がその手をにぎりかえし、いっしょに船尾《せんび》に歩《ある》きかけました。調《しら》べをすませて、船《ふね》を降《お》りるみたいです。

行《い》かないで！　まだ、行《い》かないで！

チコは、心《こころ》の中でさけびました。

「よし。ここは、あたしにまかせて！」

そういったかと思《おも》うと、ペッカーが羽音《はおと》をたててマストをはなれ、カメ将《しょう》軍《ぐん》の背中《せなか》に飛《と》びうつりました。

「ウッドペッカー、ウッドペッカー！」

すっとんきょうな声《こえ》で、さけびたてます。

「ウッドペッカー、ウッドペッカー！」

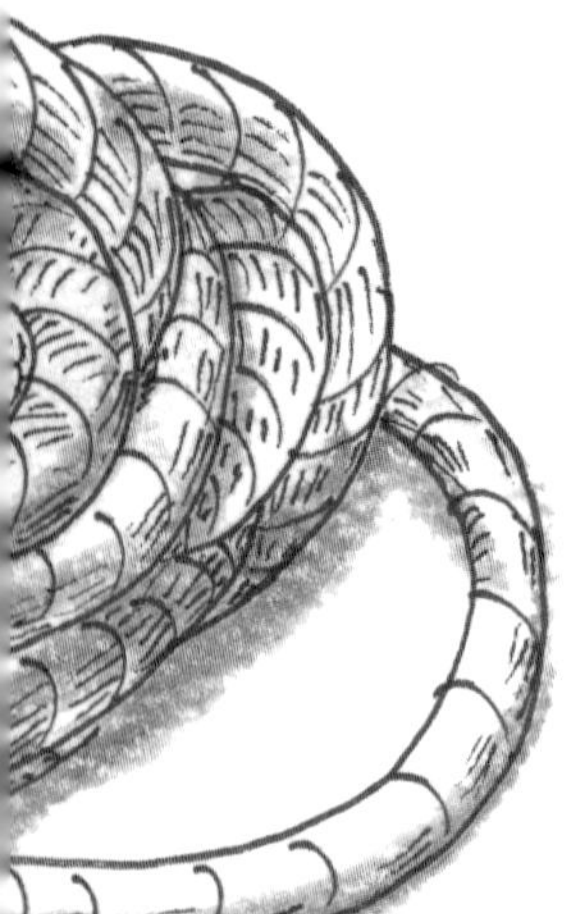

コルシカの調査官《ちょうさかん》が、ふりかえりました。

ペッカーは、カメのこうらをくちばしで四、五回《かい》たたくと、飛《と》びさっていきました。カメ将軍《しょうぐん》が目をさまし、長《なが》い首《くび》を持《も》ちあげました。

「おい。なんだ、あれは?」

調査官《ちょうさかん》が、もどってきました。ボースンも、追《お》いかけてきます。

「陸《りく》ガメじゃないか、りっぱなホウシャガメだ。どこからきた」

調査官《ちょうさかん》が、声《こえ》をはりあげました。

「あれま、生きてるカメ。どうして、ここに。自分《じぶん》で歩《ある》いてきたのか。神《かみ》さまのみちびきか。いや、わからない」

しどろもどろで、ひょろひょろ男がいいのがれをしますが、あとの祭《まつ》りです。

「このカメは、ワシントン条約《じょうやく》で持《も》ち出《だ》し禁止《きんし》の種類《しゅるい》だ。おまけに、最高《さいこう》に貴重《きちょう》な陸《りく》ガメが、盗《ぬす》み出されたという知《し》らせが、バルセロナからとどいている」

調査官《ちょうさかん》は、携帯電話《けいたいでんわ》を取《と》り出《だ》すと、応援《おうえん》を呼《よ》びました。着岸《ちゃくがん》の仕事《しごと》をやりとげた水先案内人《みずさきあんないにん》も、さわぎの輪《わ》にはいってきました。

大勢《おおぜい》の警官《けいかん》や調査官《ちょうさかん》がかけつけ、船底《せんてい》からも、つぎつぎに巨大《きょだい》カボチャが運《はこ》び出《だ》されました。こうなれば、カメ将軍《しょうぐん》は無事《ぶじ》に保護《ほご》され、カボチャの中身《なかみ》も徹底的《てっていてき》に洗《あら》われることでしょう。

「大成功《だいせいこう》、大成功《だいせいこう》！　きみの作戦《さくせん》、大成功《だいせいこう》！」

すばやく、マストに舞《ま》いもどったペッカーが、つばさをのばして、チコとハイタッチをしました。

# 第《だい》4章《しょう》 ナポレオンの街《まち》で

## ターミナルのふたり

アジャクシオの港《みなと》は、風《かぜ》もなく波《なみ》もおだやかでした。

せっかくかかげた、フライング・パンツ号《ごう》のパンツの旗《はた》が、しょんぼりとたれさがっています。

「これから、どうする？」

ペッカーが聞《き》きます。

「もう、こんな船《ふね》にはいたくない」

チコがこたえます。

「じゃ、どんな船《ふね》がいい？」

「できれば、あっちにとまっている船《ふね》」

「あ、さっきはいってきたスターライト号《ごう》。移《うつ》りたいのなら、連《つ》れていってあげてもいいよ。あたしは、あの船《ふね》はもうあきたけど」

お願《ねが》い、といいたいのをぐっとこらえて、チコはいいます。

「でも、そのまえに、マルコとヌーを見つけなきゃあね」

「あのふたりなら、いまこの船《ふね》を降《お》りていくところだよ。ほら、下船通路《げせんつうろ》をわたったすぐそばの、青い車のところ」

チコよりもずっと目のきくキツツキが、くちばしで港《みなと》の駐車場《ちゅうしゃじょう》をさしめしました。チコも目を細《ほそ》めて、朝日《あさひ》のあたる広場《ひろば》をさがします。

港《みなと》のターミナルには、色《いろ》とりどりの車がとまっています。

大勢《おおぜい》の人が乗《の》り降《お》りするなか、とりわけ小さな子どもが、目につきました。

麦《むぎ》わら帽《ぼう》を目深《まぶか》にかぶり、スーツケースをひっぱって広場《ひろば》を横《よこ》ぎっていくのは、まちがいなくヌートリアのヌーです。あの金属探知機《きんぞくたんちき》を杖《つえ》にして、二本足で歩《ある》いていきます。

港《みなと》の朝《あさ》のさわぎで、ヌーを見とがめるものは、だれもいません。

「ほら。ヌーのスーツケースに、ちょこんと腰《こし》かけている。あれがマルコよ。

じっとしてるから、マスコットみたいでしょう」

チコにはよく見えませんが、マルコならそれくらいはやるでしょう。

「ウッドペッカー！　ウッドペッカー！」

ペッカーが、するどい声《こえ》をあげました。

車のかげからヌーがからだをのぞかせ、帽子《ぼうし》を取《と》りました。顔《かお》は、大きなサングラスでおおわれています。こちらにむかって手をふっています。

さよなら、というつもりでしょうか。

「マルコも、行《い》ってしまうのかしら。ぼくをおいて」

心配《しんぱい》な気持《きも》ちが、チコの声《こえ》をふるわせます。

「ちょっと、ここで待《ま》ってて。あのふたりと、どこで落《お》ち合《あ》うか相談《そうだん》してくるから」

と、ペッカーが、チコにいいます。

「落《お》ち合《あ》うって？」

「せっかくここまできたのだから、さいごに会《あ》って、お別《わか》れのあいさつくらいしたいでしょう」

そういうとペッカーは、翼《つばさ》で風《かぜ》を切《き》って岸壁《がんぺき》に飛《と》んでいきました。

＊

ペッカーの帰《かえ》りを待《ま》ちながら、チコはマストの上から、港《みなと》と街《まち》のようすを見わたしました。エメラルドグリーンのきれいな水が、白い波《なみ》となって岸壁《がんぺき》に打《う》ちつけています。黒《くろ》っぽい山を背《せ》にして、朝《あさ》もやにけむる街並《まちなみ》が、赤い屋根《やね》をつらねています。

街《まち》の教会《きょうかい》から、朝《あさ》の鐘《かね》の音がながれてきます。ナポレオンの生まれた街《まち》は、においもすてきで、きれいな楽《たの》しいところのようです。

ちょっとだけでも、あの島《しま》の通《とお》りを歩《ある》いてみたいものだ、とチコが思《おも》いはじめたころ、ペッカーがもどってきました。

「マルコは、これから東《ひがし》のほうへ行《い》くハシゴの船《ふね》を、みつけたいんだって。

コルチュラ島《とう》をめざすために。きみをおいていく気はないってよ」

ペッカーは最初《さいしょ》にそういって、チコを安心《あんしん》させました。

「うん、わかった。それで、相談《そうだん》はどうなったの？」

「あ、そうだ、相談《そうだん》ね。教会《きょうかい》の正午《しょうご》の鐘《かね》が鳴《な》ったとき、ナポレオンの銅像《どうぞう》のところで会《あ》うことにした。フォッシュ広場《ひろば》のね」

「じゃ、ぼくも街《まち》へいけるんだ」

「そうとも。きみははじめてだから、この街《まち》をしっかり見学しなくっちゃ。いいところがたくさんあるから、あたしが案内《あんない》してあげるよ」

ペッカーにそういわれて、胸《むね》がおどってくるチコでした。

## 傑作《けっさく》のニュース

高《たか》い空から下界《げかい》をながめるのは、これで二度《ど》目です。

ジブラルタルでは、コウノトリのカタカタさんに、ジャカスカ号《ごう》まで送《おく》ってもらいましたが、こんどはキツツキのペッカーに、アジャクシオの街《まち》を案《あん》内《ない》してもらっています。

キツツキの背中《せなか》はコウノトリよりせまいけど、つよいつばさで軽《かる》がるとチコを運《はこ》びます。

丘《おか》の上の公園《こうえん》には、ひときわ目立つナポレオンの銅像《どうぞう》がありました。両《りょう》はしがとがった二角帽子《にかくぼうし》の上にとまり、ペッカーはつばさをやすめました。

「フランスの競売《きょうばい》で、ものすごく高価《こうか》な値段《ねだん》がついたというのは、こんな帽《ぼう》子《し》だったんだよ、きっと」

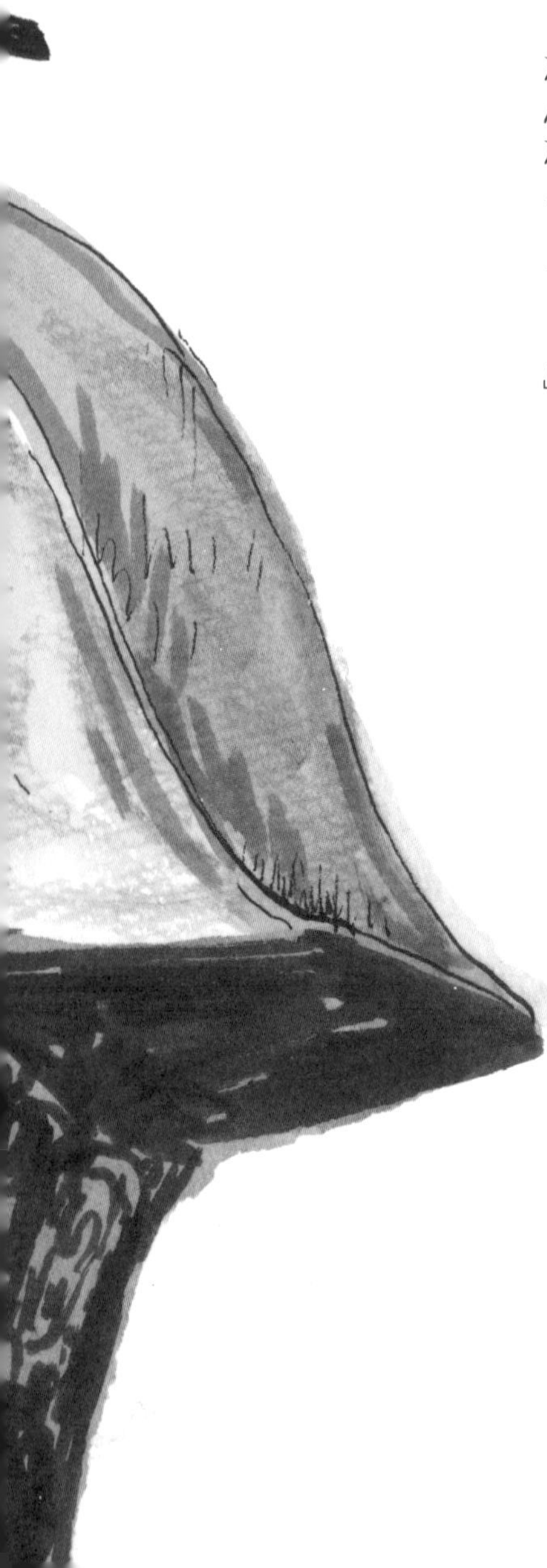

チコが教《おし》えると、ペッカーは、「じゃ記《き》念《ねん》に、ふんを落《お》としていこうか」と、いいました。

チコは、鳥《とり》のふんで頭《あたま》がまっ白になっていた、バルセロナのコロンブス像《ぞう》を思《おも》いだしました。どうやらどの鳥《とり》も、銅像《どうぞう》にしるしをのこすのがすきなようです。

「で、ここが、マルコたちと待《ま》ち合《あ》わせをするところなの？」

まだ、正午《しょうご》の鐘《かね》にはだいぶ早いけど、と思《おも》いながらチコは聞《き》きました。

「いや、ここじゃない。ずっと港《みなと》のちかくの、青空市場《あおぞらいちば》のところ。ライオンに守《まも》られた、もっとりっぱなナポレオンの像《ぞう》がある」

そういえば、この街《まち》はナポレオンだらけだって、ペッカーはいってたっけ。ナポレオン通《どお》りやボナパルト通《どお》りを、空から観光《かんこう》してまわったあと、しずかな森にはいって、ひとやすみです。

キツツキがくちばしでつつき出す虫を、チコもわけてもらいました。ニンゲンの食《た》べ物《もの》とちがって、ひさしぶりで食《た》べる森の虫たちは、チコのからだを元気《げんき》づけてくれます。

ようやく正午《しょうご》の鐘《かね》が鳴《な》り、チコとペッカーは、フォッシュ広場《ひろば》にいそぎました。四頭《とう》のライオンにかこまれたナポレオン像《ぞう》は、季節《きせつ》の花でかざられ、きれいな噴水《ふんすい》がいきおいよくとび出し、南国《なんごく》の光《ひかり》にきらきらかがやいています。ここでは、銅像《どうぞう》の頭《あたま》の上は遠慮《えんりょ》して、ライオンの背中《せなか》を借《か》りることにしました。

＊

ちかくの青空市場《あおぞらいちば》の売《う》り声《ごえ》を聞《き》きながら、しばらく待《ま》っていると、

「おそくなって、ごめん。つぎのハシゴを調《しら》べてたんだ。おまけに、この島《しま》は道《みち》が複雑《ふくざつ》で、さがしさがしてきたからね」

鼻《はな》の下に汗《あせ》をかきながら、マルコがかけよりました。

「途中《とちゅう》で朝市《あさいち》があったから、食料《しょくりょう》も仕入《しい》れてきた。チーズとかジャムとか」

ヌーは、手にさげたビニールぶくろを、チコに見せました。

「それでね、市場《いちば》でおもしろいもの見つけたんだぜ。ほら、これ」

そういって、ヌーがさしだしたのは、やぶれかけた新聞紙《しんぶんし》です。

「号外《ごうがい》だよ。傑作《けっさく》のニュースがでているよ」

マルコが、つづけます。

「え？　どんな、ニュース？」

チコが聞《き》くと、マルコは新聞紙《しんぶんし》を取《と》り上《あ》げ、声《こえ》に出して読《よ》みました。

「北《きた》アフリカからの避難民《ひなんみん》、ゴムボートでイタリアにわたる途中《とちゅう》でてんぷく。子ども六人をふくむ二十八人がおぼれる」

「なんなの、それが傑作《けっさく》のニュース？」

ペッカーが、首《くび》をひねります。

「あ、ちがった。傑作《けっさく》は、こっち」

マルコが、あらためて読《よ》みだしたのは、つぎの記事《きじ》です。

「朝《あさ》のアジャクシオ港《こう》で大手柄《おおてがら》！　密《みっ》輸《ゆ》禁止《きんし》の貴重《きちょう》なカメが、船《ふね》から自力《じりき》で逃《に》げだし、密輸船《みつゆせん》の武器《ぶき》を摘発《てきはつ》させる。このカメは、世界一《せかいいち》の長寿《ちょうじゅ》ガメとして、バルセロナでたいせつに守《まも》られていたもの。カメをぬすみ出し、カボチャにかくした武器《ぶき》とともに密輸《みつゆ》しようとした船長《せんちょう》と航海士《こうかいし》は、その場《ば》で逮捕《たいほ》され、カメはもとの住《す》みかに送《おく》りかえされることとなった」

読《よ》みおわったマルコは、ていねいに洗《あら》われたカメ将軍《しょうぐん》の写真《しゃしん》を、みんなに見せました。

「放射状《ほうしゃじょう》のコウラのもよう、ほんとにきれいだね、二百歳《さい》だというのに、つやつやしている」

チコが、感心《かんしん》します。

「カボチャにかくして、アフリカなんかで戦争《せんそう》している国《くに》に、こっそり武器《ぶき》を売《う》ろうとしていたんだ、あの船《ふね》。つかまって、よかったよ。おれたちみんなの手柄《てがら》なんだけど、そのことは書《か》いていないな」

ヌーが不満《ふまん》そうに、鼻《はな》を鳴《な》らしました。

「だけど、ナポレオンのサインの件《けん》も、伏《ふ》せられているだろう。おそらく、カメ将軍《しょうぐん》の身《み》の安全《あんぜん》を考《かんが》えてのことだよ。わしらのことも、知《し》られないでたすかったんだよ、けっきょく」

マルコが、いい聞《き》かせます。

「そうだね。あんなサインのために、ハクセイにされるところだったもんね、カメ将軍《しょうぐん》は。ぼくらもただ乗《の》りがばれなくって、ラッキーじゃないの」

チコも、うんうんとうなずきました。

「これで、カメ将軍《しょうぐん》の心配《しんぱい》は、一件落着《いっけんらくちゃく》だ。めでたし、めでたし」

ペッカーが、つばさをうちふりました。

「ほんと、ほんと。一時《いちじ》はどうなることかと思《おも》ったよ。今回《こんかい》は、チコが大活躍《かつやく》だったね、小さな頭《あたま》で知恵《ちえ》をしぼって」

マルコも、しっぽをパチパチならしました。

「で、つぎのハシゴは、いいのがあった？」

うれしくて泣《な》きそうになったので、チコは、いそいで話題《わだい》をかえました。

「やっぱり、あの五本マストの船《ふね》。あれが、いちばんいいみたいだ、これからシチリア島《とう》に寄《よ》って、ベネチアにまわるようだから。ということは、コルチュラ島《とう》にもいよいよちかくなる」

マルコが、チコに解説《かいせつ》します。

「やったあ、あの船《ふね》に乗《の》れるんだ！」

チコの顔《かお》が、思《おも》わずほころびます。

「おれは、夜《よる》のフェリーでマルセイユに向《む》かうことにする。そこからセートはすぐだからね。よかったらコルチュラの帰《かえ》りに、うちの別荘《べっそう》に寄《よ》ってみないか。ブルゴーニュ運河《うんが》の入り口だから、だれに聞《き》いてもすぐわかるさ」

と、ヌーがいうと、

「あたしも、フランスへわたることにする。フェリーのおなじ便《びん》に乗《の》せてもらって。そうだ、そのまえにあんたたちふたりを、あそこの五本マストのてっぺんまで、送《おく》りとどけてあげよう」

ペッカーが、チコとマルコにわらいかけました。

海岸通《かいがんどお》りのヤシ並木《なみき》をすかして、スターライト号《ごう》の針《はり》のような5本マストが、地中海《ちちゅうかい》の青い空をつんつんつきさしています。

**『空《そら》とぶ船《ふね》の旅《たび》　スターライト号《ごう》でアドリア海《かい》へ』につづく**

ポルトガルはナザレの丘《おか》で、
妹《いもうと》のチカとのんびり暮《く》らしていた
ハリネズミのチコ。

リスボンから乗《の》った
大きな船《ふね》で出会《であ》ったのは
旅《たび》ネズミのマルコ・ポーロ。
こんどは帆船《はんせん》にもぐりこみ、
さらなるスリルにみちた冒険《ぼうけん》の旅《たび》へ。

——海《うみ》を愛《あい》する作家《さっか》がえがく童話版《どうわばん》・冒険活劇《アドベンチャーアクション》。

①大きな船《ふね》の旅《たび》
ジャカスカ号《ごう》で大《たい》西《せい》洋《よう》へ

②大きな船《ふね》の旅《たび》
ジャカスカ号《ごう》で地《ち》中《ちゅう》海《かい》へ

③空《そら》とぶ船《ふね》の旅《たび》
フライパン号《ごう》でナポレオンの島《しま》へ

④空《そら》とぶ船《ふね》の旅《たび》
スターライト号《ごう》でアドリア海《かい》へ

⑤小さな船《ふね》の旅《たび》
パピヨン号《ごう》でフランス運《うん》河《が》へ

**山下明生**（やました・はるお）

1937年東京生まれ。瀬戸内海の能美島で育つ。京都大学文学部仏文科卒業。児童書編集を経て、1970年に「かいぞくオネション」発表。以後、幼年童話から長編作品、絵本の翻訳など幅広く活動。「海のしろうま」（野間児童文芸賞推薦）「はんぶんちょうだい」（小学館文学賞）「ふとんかいすいよく」「島ひきおに」「まつげの海のひこうせん」（絵本にっぽん賞）「海のコウモリ」（赤い鳥文学賞）「カモメの家」（日本児童文学者協会賞・路傍の石文学賞）、絵本に「海のやくそく」「いいたびボンボン」「だれのものでもない岩鼻の灯台」など、翻訳絵本に「おばけのバーバパパ」「カロリーヌとゆかいな８ひき」シリーズなどがある。

**高畠那生**（たかばたけ・なお）

1978年岐阜県生まれ。東京造形大学絵画科卒業。第４回ピンポイント絵本コンペ入選。第25回講談社絵本新人賞佳作入選後「ぼく・わたし」でデビュー。オリジナル作品に「いぬのムーバウいいねいいね」「チーター大セール」「おまかせツアー」「でっこり ぼっこり」「バナナじけん」「カエルのおでかけ」（日本絵本賞）「みて！」「あるひ こねこね」「まねきねこだ！」など、山下明生氏との作品に「おしえて ベッカン」シリーズ、他に「飛んでった家」（作・クロード・ロワ）「おとなりどうしソラくんレミくん」（作・石津ちひろ）などがある。

ハリネズミ・チコ 3

# 空とぶ船の旅　フライパン号でナポレオンの島へ

作　者　山下明生
画　家　高畠那生
発行者　内田克幸
　編集　岸井美恵子
発行所　株式会社 理論社
　〒103-0001　東京都中央区日本橋小伝馬町9-10
　電話　営業 03-6264-8890　編集 03-6264-8891
　URL　http://www.rironsha.com

2017年10月初版
2017年10月第1刷発行

本文組　アジュール
印刷・製本　中央精版印刷


NDC913 21cm 158p ISBN978-4-652-20206-7

ハリネズミ・チコ

ジェノバ
コルチュラ島
ローマ
クシオ
コルシカ島
アドリア海
サルディーニャ島
エーゲ海
イオニア海
シチリア島
中
海
チュニス
マルタ島
クレタ島